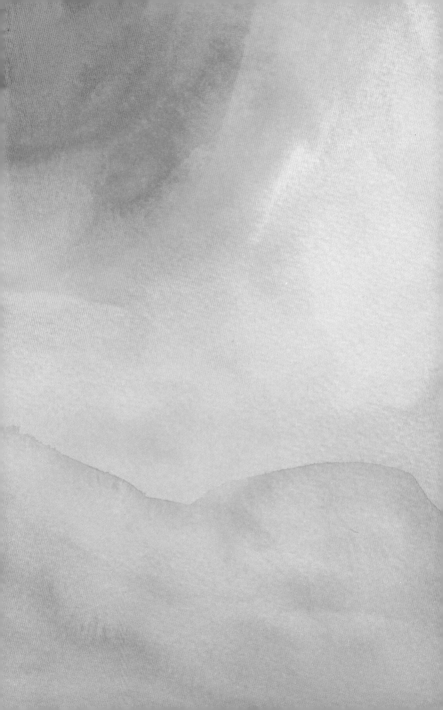

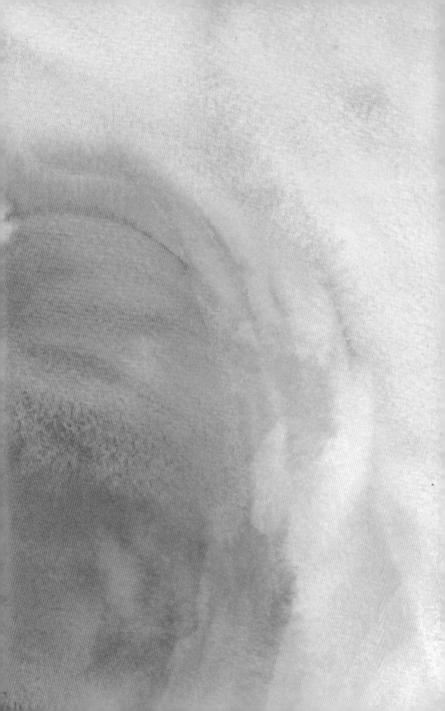

재
생
의

욕
조

재생의 욕조

예정옥 글 그림

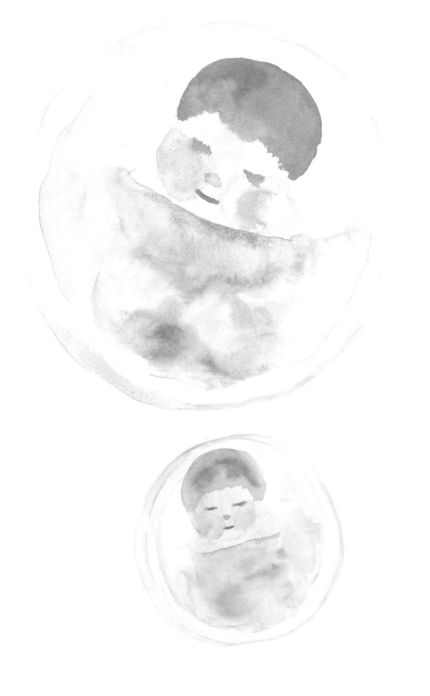

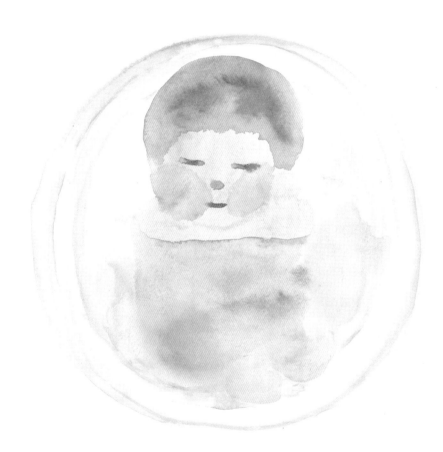

이 작은 아기는 누구인가?

누구를 닮았을까 궁금했던 아이

반드시 지켜주고 싶은 여린 생명

시작되는 사랑의 조심스러움

뜻밖의 기쁨을 주는 작은 발견

어둠의 진공 속 끝없이 분열하는 가능성

긴 겨울 끝에 움트는 새로운 명랑함

다음에는 더 잘해야지 하는 용기 있는 영혼

한 생각 돌릴 때 솟아오르는 오래된 지혜

끊임없이 변태하는 영원한 꿈

순수한 마음일 때 열리는 길

잊고 있을 때에도 늘 보살피는 수호천사

죽은 적도 없고 태어난 적도 없는 마음

들어감

여기에 실린 스물네 편의 글, 스물네 개의 빛은 심리학자 칼 융의 말처럼 밝음을 상상한 것으로부터 생겨난 것이 아니라 어둠을 의식하는 데서 비롯된 것이다.

글을 쓰고 그림을 그리는 것은 외롭고 괴로운 시간을 무기력하게 보내지 않고 그 어둠 속에서 빛을 발견하려는 자기 구원의 행위였다. 어둠이 짙어질 때 글과 그림이 쌓이고, 쌓인 글 그림은 빛이 되어 오롯이 나를 비춰주었다.

처절한 외로움이 없었다면 글을 쓰지 않았을지도 모르고 붓을 들 필요도 없었을 것이다.

원하는 것을 갖춘 환경 속에서 글을 쓰고 그림을 그렸다 해도 지금과는 다른 글과 그림이 되었을 것이다.

옛사람들은 저녁을 먹기 위해 목숨을 걸고 사냥을 해야 했다. 생존이 걸린 공동의 목적을 위해 싸우다가 누군가 전사하기도 했다. 사람들은 동료의 희생으로 살아남아 저녁감을 성공적으로 획득하여 가죽을 벗기고 불에 구워서 배를 불렸다. 가죽으로 옷을 만들어 추위를 견디고, 구멍을 낸 뼈를 악기로 사용하여 노래를 부르고 춤을 추면서 용감하게 죽어간 동료를 추모했다. 삶과 죽음이 합쳐진 모두가 아름다움이었다.

프란치스코 교종께서는 아름다움을 표현하는 것으로 사람들에게 도움을 주는 사람을 예술가라고 하셨다.

먼 길을 돌아와 예술가로 살고자 한다.
아름다움을 표현하고자 한다.
내가 표현하는 아름다움 속에 희생된
세상의 아름다움에,
내가 빚진 삶들과 기억들에,
미안함과 고마움을 전한다.

예정옥

차례

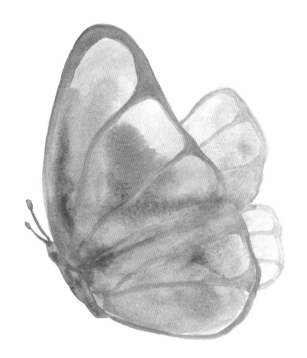

재생

창조

이 작은 아기는 누구인가?

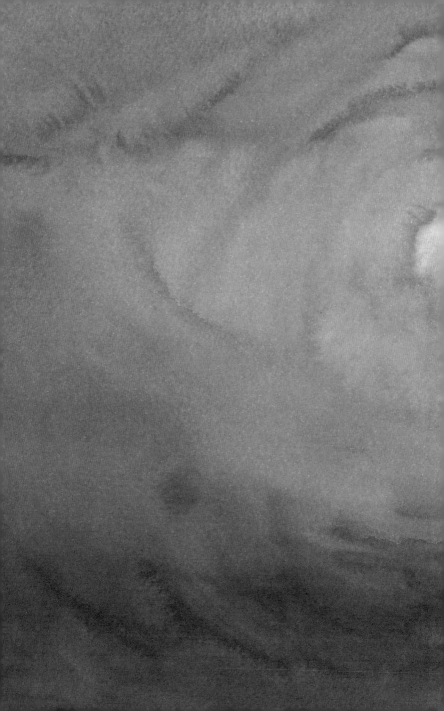

벗
음

Slow motion 지루한 여름과 긴 한숨 긴 하품 긴 하루

Something cool 너의 졸린 눈에 새파란 새 파도 새 바람을

욕
조

욕

조

  상큼한 시트러스 향 입욕제로 거품을 낸 따끈한
욕조에 들어앉으면 W. 의 노래 Lemon이 절로 흥
얼거려진다. 흙으로 빚은 램프에 불을 밝히고 티 트
리 오일을 두어 방울 떨어뜨린다. 노랑노랑하게 번
져나가는 작은 불빛 하나 더해졌을 뿐인데 마음이
한결 온화해진다. 여기에 수고한 나를 위해 준비한
달콤 쌉싸름한 와인 한 잔을 곁들이면 더할 나위 없
이 완벽하다. 왕비가 된 것 같다. 온수와 향기와 알

코올의 따스한 기운이 온몸으로 퍼져 나가 전신이
노곤해진다.

오색의 베일,
살아 있는 자들은 그것을 인생이라 부른다

서머싯 몸은 퍼시 셸리의 구절을 인용하며 소설
〈인생의 베일〉을 시작한다. 인생은 오색 찬란한 베
일이라고 말이다. 겹겹이 쌓인 인생의 베일이란 켜
켜이 쌓인 기억이며 감정이리라.

쌓인 피로가 물속에 녹아내린다. 피로는 몸속에
있었을까? 근육에, 신경에, 뼈에, 피에 있었을까?
그 피로는 어디에서 왔을까? 과학자들은 몸의 피로
에 대해 무언가 말해줄지도 모른다. 그러나 우리 마
음에 쌓이는 피로에 대해 무언가 말해줄 수 있는 이
는 누구일까. 나는 마음에 쌓이는 피로에 대해, 나
아가 감정과 기억으로부터 오는 피로에 대해 이야

기해보고 싶다. 외부에서 침입한 감정도 있고, 내부에서 잠복해 있다가 조건이 갖추어졌을 때 살아나는 오래된 감정도 있다. 소화시키지 못한 음식이 체증이 되듯이, 소화시키지 못한 감정이 피로가 되어 몸과 마음을 지치게 만든다.

현재의 상태가 편안하지만 과거의 슬픔을 떠올리면 불행해질 수 있고, 현재의 상태가 불안하지만 과거의 즐거웠던 추억을 떠올리면 행복해질 수 있다. 과거에 그토록 원했던 것이 이루어지지 않은 것을 지금은 다행이라 생각하며 웃을 수 있고, 과거에 그토록 싫어했던 것이 신기하게 좋아지기도 한다. 과거의 두려움을 떠올려도 지금은 아무렇지 않을 수도 있다. 영원하기를 바랐던 관계가 끝나버린 슬픔을 기억하면서 기뻐질 수도 있고, 끝나버린 행복을 기억하면서 더 잘하지 못했던 것을 후회하거나 안타까워할 수도 있다.

줄줄이 매달린 사탕처럼, 감정이 담긴 기억이 다음 기억에 그 감정을 데리고 온다. 기억의 기차놀이 기억은 경험과는 다르다. 경험은 그곳에 있지만 경험을 기억하는 감정은 지금 이 순간, 그 경험을 떠올릴 때마다 달라진다. 그러므로 기억은 언제나 새롭게 편집될 수 있는 재료이고 자산이다. 영원한 현재다. 기억의 기차는 한량 한량 분리되어 있어서 레고처럼 쌓아 올렸다가 새로운 조합으로 다시 만들 수 있다.

목욕을 마치고 도톰한 수건으로 머리카락과 얼굴과 발을 소중하게 닦는다. 희미한 향이 있는 베이비오일을 온몸에 골고루 발라준다. 하얀 성에가 낀 유리를 손바닥으로 닦아내고 뽀얀 나의 얼굴을 바라보며 씨익 웃는다.

유일한 실체인 현재를 보다 온전하게 살기 위해 펜을 든다.

겹겹이 쌓인 피로를, 감정을, 기억을, 인생을 쓴다. 상처받은 자존심, 사랑하는 이를 떠나보낸 슬픔, 몰염치한 인간에 대한 분노, 마음에 맺힌 억울한 사연, 하나의 글을 쓰면 한 가지 보상을 받는다.

오색의 베일 속 백팔번뇌를 글로 풀 수 있다면
자유인이 될 수 있다.

목
욕
탕

목
　　욕

　　　탕

　　따끈한 물속에 몸을 푹 담그면 하루 종일 긴장했던 온몸의 세포가 살아나는 것 같다.

　　투명한 물속에서 손가락 발가락을 움직여본다. 팔다리를 최대한 길게 늘어뜨려 쭉 뻗는다. 이렇게 시원한 것을 하루 종일 한 번도 안 했다니! 하루의 고단함을 위로하며 살아있음을 기뻐한다. 찰방찰방 사람들 눈을 피해 물장구도 쳐본다. 생명수가 따로 없구나. 역시 물이 좋다는 감탄이 절로 나온다.

기쁨도 잠시, 탕 속 아주머니들의 대화 소리가 들린다. 어제 목욕탕, 바로 이곳에서 화재경보기가 오작동되어서 사람들이 대피하고 한바탕 소동이 벌어졌다는 이야기다. 오작동이어서 망정이지 진짜 불이 났으면 어떻게 되었겠냐며 다들 목소리를 높였다. 그러다가 옷을 벗고 뛰어나갔으면 망신살이 뻗혔을 거라는 둥, 소방관이 구조하러 올 때까지 물속에서 잠수를 하겠다는 둥, 농담으로 이어지면서 박장대소로 마무리를 하고는 각자의 자리로 흩어졌다.

나는 이웃들의 대화를 듣고 나서 심장이 요동치기 시작했고 이어진 농담에도 웃을 수가 없었다. 과거에 일어났던 사건 사고들이 파노라마처럼 펼쳐지며 머릿속을 가득 채웠다. 이야기를 들은 후로 사고 감정에 사로잡혀서 그 좋은 따끈한 탕도 더 이상 훈

훈하게 느껴지지 않았고, 새로 산 코코넛 밀크 샴푸의 달콤한 향기도, 온몸을 감싸는 부드러운 거품도 온전히 느낄 수 없었다. 이완되었던 세포들이 다시 수축되었고, 나도 모르게 동작이 빨라지기 시작했다. 서둘러 목욕을 마치고 집으로 왔다.

두근대는 가슴을 진정시키기 위해 노트를 펼쳤다. 글을 쓰기 시작해서 마침표를 찍을 때까지 사실과 감정을 있는 그대로 써 나갔다. 100미터 달리기를 하듯이 종이 위를 달린 후 펜을 내려놓았을 때, 글을 쓰기 시작할 때와는 다른 내가 되어 있었다. 이것이야말로 글을 쓰는 궁극의 이유이자 효능감이다.

깨어서 꾸는 악몽도 있다. 일생에 걸쳐서 반복되고 재발되는 악몽도 있다. 하지만 다행스러운 것은 악몽이 창조이듯이 선몽도 창조라는 것이다. 악몽에 잠식당하지 않기 위해 끝없이 꿈을 깨고 현실을 살아야 한다.

글쓰기는 현실을 인식하게 해주는 고마운 친구다.

끔찍한 일에 대해서 쓴다고 해도 글쓰기는 끔찍함으로 돌아오지 않는다. 기쁨으로 돌아온다. 지금 슬픔에 대해 쓰고 있더라도 글을 쓰는 한 우리는 우리 자신을 돌보고 있고, 지키고 있고, 회복시키고 있다. 글쓰기로 우리는 삶을 견디고, 가꾸고, 축복하고 있는 것이다.

'자라 보고 놀란 가슴 솥뚜껑 보고 놀란다'라는 옛 속담이 있다. 자라는 한번 물면 놓지 않기 때문에 자라에게 물렸던 적이 있는 사람은 그 경험이 너무 아팠던 나머지 자라의 등딱지와 비슷하게 생긴 솥뚜껑만 보아도 화들짝 놀라게 된다는 말이다. 부정적인 경험은 세월이 지나도 마음속 깊숙한 곳에 불씨로 남아 비슷한 상황 속에서 반복될 때마다 그

때의 공포감과 고통을 느끼게 되고 그로부터 벗어나기 위해 불필요한 에너지를 소모하게 된다.

　글을 쓰면 실제로 일어난 일을 깨닫게 해 준다. 글을 쓰면서 감정 깊숙이 다가가면 엉킨 실타래가 풀리듯이 감정이 풀린다. 솥뚜껑을 있는 그대로 보고 묘사하면 솥뚜껑이 그 옛날에 보고 놀랐던 자라가 아님을 알게 된다. 글을 씀으로써 정서적인 안정감을 찾을 수 있다. 글을 쓰는 것은 현실에서, 일상생활에서, 오늘, 지금 이 순간, 부정적인 기억을 긍정적으로 변화시키는 방법이다. 더 나은 기분과 감정을 가질 수 있도록 하는 적극적인 행동이다.

　내 안에는 나 혼자 살고 있는 고독의 장소가 있다.
　그곳은 말라붙은 당신의 마음을 소생시키는
　단 하나의 장소다.

　소설 〈대지〉의 작가 펄벅의 말이다.

36

동네 목욕탕은 지친 몸과 마음을 따뜻하게 위로하고 회복시켜 주는 장소다. 글쓰기는 인생의 겨울마다 얼어붙고 말라붙은 마음을 소생시키는 단 하나의 장소다.

자라 보고 놀란 가슴 솥뚜껑 보고 미소 짓기를.

온천

온

천

내가 살고 있는 도시 부산은 온천으로 유명하다.

역사적으로 신라의 수도였던 경주와 가까운 부산의 온천은 신라왕이 목욕을 목적으로 즐겨 행차했다는 기록이 남아있다. 온천욕을 좋아하는 일본인들에 의해 본격적으로 현대식으로 개발되었고, 일본인들이 많이 살던 부산 도심에서 동래 온천까지 이동하기 위한 수단으로 부산 전차가 최초로 개통

될 정도로 온천 사랑은 대단했다고 전해진다.

가정의 샤워 시설이 좋아지면서 예전만큼 대중적으로 성업하고 있는 것은 아니지만 온천수는 마그네슘을 비롯한 각종 광물 성분을 함유한 알칼리수의 투명하고 맑은 수질로 인해 근육통, 피부병, 부인병 등에 효과가 좋은 것으로 알려져 여전히 주민들과 관광객의 발길이 끊이지 않고 있다.

나는 사람들이 일부러 먼 거리를 찾아오는 명소를 걸어서 갈 수 있는 거리에 살고 있음을 큰 복으로 생각하며 자주 온천을 애용하고 있다. 찬 바람이 옷 속까지 파고드는 겨울, 뜨끈한 온천욕을 하면 세상 부러울 것이 없다.

햇볕이 가득 내려앉은 온천탕, 따스한 김이 모락모락 피어오르는 편백나무 향 은은한 노천온천에 들어앉아 있으면 머리는 차가워지고 몸은 뜨거워진다. 추위에 움츠렸던 몸은 부드러워지고 정보의 홍수에 떠밀려 몽롱했던 머리는 맑아진다. 조선 시대로 치면 왕보다 호화롭다. 신선이 된 것 같다. 피톤치드의 탁월한 정화력으로 피부도 마음도 아기같이 보송해진다.

뽀드득 맑은 물로 세수를 하는데 꼬르륵 배에서 소리가 들린다. 갑자기 목욕을 마치고 나가면 뭘 먹을까를 생각한다. 고소한 동래 파전과 매콤한 곰장어구이가 떠오른다. 그러다 집 냉장고에 남아있는 재료들로 생각이 옮겨간다. 내일은 냉장고 안에 남아있는 돼지고기, 애호박, 감자, 느타리버섯, 두부, 고추를 넣고 칼칼한 고추장찌개를 끓여야겠다는 계획이 선다. 이어서 냉장고 청소를 해야겠다는 생각이 든다. 냉장고 청소를 하는 김에 봄맞이 대청소를 해야겠다는 생각으로 확장된다. 대청소를 하는데 필요한 대용량 종량제 봉투와 세제를 사야겠다는 생각으로 구체화한다. 생각이 꼬리에 꼬리를 문다.

지금 이 순간 누려야 할 따끈한 물결과 은은한 편백나무 향은 간데없고 어느 순간 내 주변에는 잡동사니가 몰려와 있다. 내일의 일과 불안에 침입받고 잠식당해 있다.

다시 무릉도원으로 돌아와 신선놀음을 하며 하이쿠를 지어본다.

이 물을 따라
내 마음이 흐른다
겨울 아침에

하이쿠는 일본 단편시로 순간의 경이를 짧은 5.7.5 운율로 씀으로써 감정을 자유롭게 한다.

이마 위로 똑! 떨어지는 한 방울을 맞으며 감정을 지키는 것이 평화를 지키는 것임을 깨닫는다.

영국의 작가 D. H. 로렌스는 말했다.

물은 두 개의 수소와 한 개의 산소로 구성되어 있다고 알려져 있지만, 우리가 모르는 그 이상의 무엇인가가 더 있다.

로렌스가 말한 그 이상의 물, 그것은 무엇일까? 인간은 세상에 태어나기 전 9개월 동안 엄마의 자궁 안에서 자란다. 자궁 속의 양수는 태아가 움직일 수 있는 공간을 제공하고 체온을 유지시켜 준다. 외부로부터 균의 침입을 막아주고 보호하는 역할을 한다. 온천욕을 하면서 물의 치유 기능을 떠올려 보았다. 오랜 역사 속에서 이어져 오는 목욕 문화는 모성으로의 회귀, 태초의 쉼을 원하는 인간 본성이 만들어낸 치유의 문화가 아닐까 생각해 본다.

물이 그렇듯이 글쓰기도 종이와 펜으로 쓰는 행위, 그 이상의 무엇인가가 더 있기에 우리는 세월이 흐르고 모든 것이 고도로 발전한 시대에도 여전히 펜을 든다. 글쓰기는 늘 그 이상의 무엇, 낡은 것에서 새로움을 탄생시키고, 치유와 회복, 위로와 재생의 힘을 준다.

물

물

모든 물질과 에너지는 오직 한 방향으로만 바뀌며,
질서에서 무질서로 변화한다.

열역학 제2법칙에 따라 하루의 일과는, 또 그것
들이 모인 인생은 의지 없이 내버려 두면 무질서로
흘러간다.

작업을 하려고 책상에 앉았는데 곧바로 몰입이

되지 않는다. 같은 공간, 반복되는 일상, 지긋지긋한 기분이 든다. 이럴 때면 이 공간을 떠나 깔끔하게 정돈된 카페에 가거나 햇살과 바람 속을 거닐며 산책을 하러 나가거나 땀을 흘리며 운동을 하거나 영화관의 즐거운 어둠 속에 폭 안기거나 눈과 입이 즐거운 여행 생각이 슬며시 들기도 한다. 그런 것도 하나의 방편이긴 하지만 한편으로는 회피이기도 하다는 것을 이제는 알기에 즉흥적으로 자리를 떠나는 일을 삼가려고 한다. 이럴 땐 자리를 박차고 일어나 주변을 청소하는 것이 제일이다.

촤르륵 물을 틀고, 북북 걸레를 빨아서 물기를 꼭 짠다. 뽀득뽀득 밀대로 바닥을 닦는다. 사락사락 마루에서 발바닥이 떨어지는 느낌이 좋다.

물은 더러운 것을 씻어내어 깨끗하게 한다. 죽은 것에 생명을 주고, 혼돈에 질서를 부여하고, 선하고 거룩하게 한다. 반복됨으로써 익숙해지고 지겨워지는 것은 청소한 지 시간이 지나 먼지가 쌓이듯이 내면의 혼돈이 증가하고 있다는 것을 뜻한다. 익숙한 것을 낯설게 하고, 지겨운 것을 새롭게 하는 무언가가 필요하다. 그런 행위를 하는 사람을 예술가라고 부른다.

청소를 마치고 차를 준비해서 책상에 앉는다. 다시금 내 자리에 앉을 수 있다는 안정감이 기쁨으로 출렁인다. '나는 예술가야' 지금 이 순간에 필요한 나를 불러낸다.

예술가는 새롭게 하는 사람이다.

일상에서의 예술은 그림을 그리고 악기를 연주하고 춤을 추는 것이 아니라 모든 지겨워진 것을 낯설게 하고 새롭게 하여 다시 즐거움이 샘솟도록 생명을 불어넣는 일이다.

빗물에 씻긴 여름 잎사귀가 한 뼘 더 넓고 단단한 초록으로 빛나듯이 일상의 모든 지겨워지고 익숙해진 것들이 물의 세례를 받으며 새롭게 태어난다. 물은 진정한 예술가다.

물은 부드럽고 조용하다. 싹을 틔우고 샘솟는다. 갈증을 해소해 주고 통증을 완화해 준다. 졸졸졸 소리를 내는 물은 마음을 가볍게 하고 노래를 가르쳐 준다. 즐겁고 맑고 투명한 노래하는 물은 무겁고 어둡고 흐리고 깊이를 모르는 침묵의 물에서 흘러왔다. 또 다른 물은 거세고 난폭하고 삼키고 바위를 뚫고 모든 것을 휩쓸어버리는 괴력을 가진다.

매일의 가볍고 꾸준한 글쓰기의 집중과 반복이 쌓이면 힘을 갖는다.

자기 훈련 과정으로 글쓰기는 지적, 감정적 불순물을 정화하고 정신을 단련시켜 허약한 자아를 강

도 높고 탄력 있게 변화시킨다. 글쓰기는 물의 정
화력과 치유력처럼 조용하지만 강력한 변화를 가져
다준다.

　내 꿈은 무엇인가?
　그 꿈을 꾸는 단 하나의 이유는 무엇인가?
　그 꿈을 위해 지금 당장 할 수 있고 해야 할
　단 하나의 일은 무엇인가?
　무엇이 나를 강하게 하는가?

노래와 침묵을 포용하며 기쁨과 끈기로 훈련하는 물의 글쓰기는 나의 생각과 감정을 스스로에게 분명하게 인식시켜 소망을 이루게 하는 과정이다.

나의 꿈을 떠올리자.

꿈의 단어를 물로 가득 채우자.

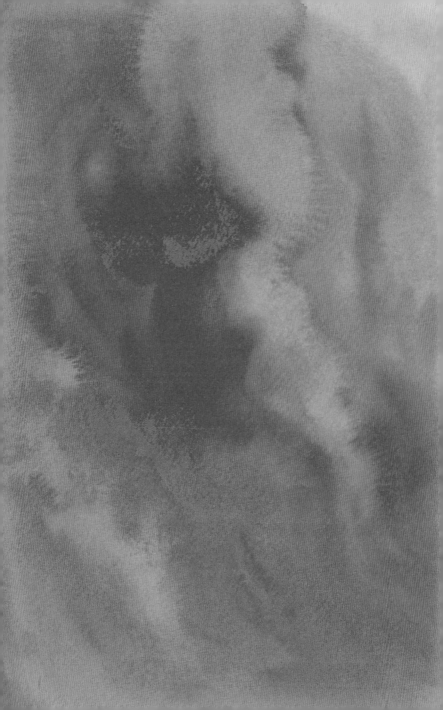

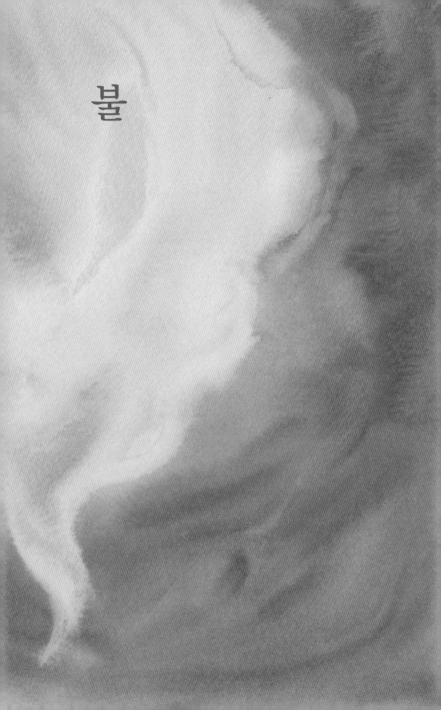
불

불

떡볶이를 만들려고 불을 켠다. 후라이팬을 올리기 전 나는 파란 불 끝에 있는 자그마한 주홍빛 불이 커졌다 작아지며 흔들리는 모습을 바라본다.

이제는 불이 무섭지 않다. 그러나 한 때 불은 내게 상처였다. 나는 귀엽게 춤추는 작은 불꽃들의 군무를 보며 잠시 큰 불에 대한 회상에 잠긴다.

치솟는 불, 난폭한 불, 당하는 불, 재난의 불이 일렁였다가 사라진다.

하얀 그릇에 김이 모락모락 나는 빨간 떡볶이를 먹음직스럽게 잔뜩 담고 딸을 부른다. 호호 불며 맛있게 떡볶이를 먹는 딸을 보며 행복한 미소를 방긋 짓는다.

가스레인지의 불을 끄고 내면의 불을 켠다.
일상의 의식에서 글 쓰는 의식으로 전환한다.

태초의 조상들은 뾰족한 도구로 평평한 돌에 마찰을 일으켜서 불을 만들어냈다. 처음에 불을 발견한 초기 인류는 불이 신기하기도 하고 무섭기도 했을 것이다. 그것으로 음식을 익혀 먹으면서 날 것보다 익힌 것이 더 부드럽고 맛있고 소화도 잘된다는 사실을 알게 되고, 추위로부터 따뜻하게 몸을 덥혀 주고, 어둠으로부터의 안전과 활동 시간을 연장해서 생산성을 늘려주는 등 불의 좋은 점을 깨닫게 되면서 불을 겁내지 않고 소중하게 다루었을 것이다. 춥고 어두운 밤, 모닥불을 사이에 두고 둘러앉아 아이들에게 크고 무서운 사냥감을 잡은 영웅담을 들려주며 두려움을 멀게 하고 용기와 지혜를 일깨워 주었을 것이다. 너무 소중하게 여긴 나머지 불을 신앙의 대상으로 여기는 종교도 생겨났을 것이다. 불을 발견하지 못했다면 증기기관차, 고무타이어, 페니실린, 계산기와 같은 불을 이용한 수많은 발명품이 탄생하지 못했을 것이고, 문명의 발전도 없었을 것이며, 불로 인해 숲을 태워버리는 안타까운 재난도 없었을 것이다.

불은 좋은 것만도 나쁜 것만도 아니다. 통제하지 못하는 불은 화마가 되어 삶을 무질서하게 흔들어 놓고 두려움에 휩싸이게 하며 모든 것을 잿더미로 만들어버리는 어둠이 될 수도 있고, 통제하는 불은 두려움에서 벗어나 무한한 잠재력을 실현하게 하는 빛이 될 수도 있다. 우리에게 필요한 것은 불의 통제, 즉 불을 준비하고 길들이는 것이다.

태초의 불을 응시하며 평평한 노트에 뾰족한
펜으로 내면의 불을 일으켜본다.

글을 쓰면 치솟는 불, 난폭한 불, 당하는 불의 체험에서 빠져나와 덥히는 불, 비추는 불, 내면적 풍요를 만드는 생동하는 불로 변형된다. 재난의 불에서 용기와 지혜를 일깨우는 문명의 불, 발명의 불로 승화된다.

나는 더 이상 불을 두려워하지 않는다.
나는 더 이상 과거의 상처가 아프지 않다.
나의 마음엔 어느새 아기처럼 곱고 보드라운
새 살이 돋아나 있고,
나의 손발엔 흔들리는 터전에서 균형을 잡고
버틸만한 군살이 박혀 있으니까.

삶의 무질서함과 인간의 불완전성 속에서 방황하던 시절, 나에게는 다행히도 방향을 가르쳐 준 빛이 있었다. 그 빛을 따라 걸었고, 허약한 정신이 보다 명료해졌고, 비로소 삶의 질서와 완전성을 바라보게 되었다.

어떻게 이러한 재생이 가능했을까?

나의 재생의 과정 속에는
글쓰기라는 빛이 있었다.

재생의 욕조

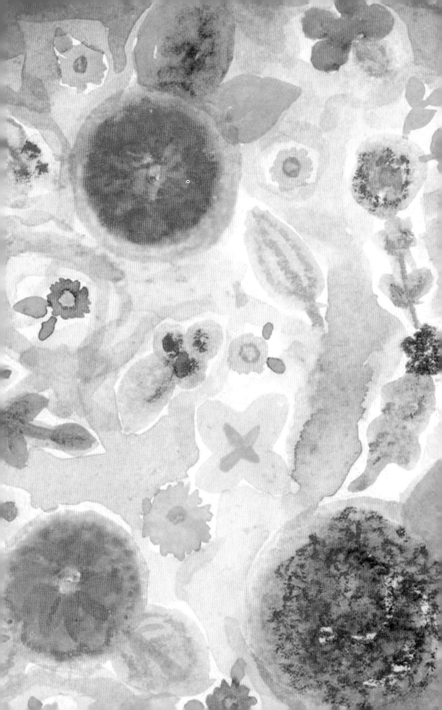

재

생

등
대

등

대

글쓰기는 등대다.

나는 누구인가에 대한 길을 찾아가도록

방향을 비춰주는.

담배 연기는 촛불처럼 하늘을 향한다. 그래서일
까 나는 종종 담배를 피우는 사람을 볼 때면 담배
연기 자욱했던 그 상담실이 떠오른다.

그곳은 나를 본격적인 글쓰기로 이끈 시작점인지도 모른다.

그는 신부였다. 처음 보자마자 반말은 기본. 그는 첫 만남에 화가 잔뜩 난 얼굴로 나를 노려보며 이렇게 말했다.

"본인이 누구야!"

지금은 그날의 두려움과 떨림보다는 그를 통해 '나는 누구인가'를 고민하기 시작했다는 생각에 잠기곤 한다. 나는 누구인가? 그 질문이 나를 글쓰기로 이끌었다.

나만 보면 답답하다며 한숨을 쉬던 그는 어느 날 책 제목과 저자, 출판사 이름이 빼곡히 적힌 목록을 내밀었다. 책 목록을 받아서 주머니에 넣자, '여기서! 지금! 당장!' 주문하라고 했다.

나는 온라인 서점에 접속해서 목록에 있는 두꺼운 구약성서, 신약성서, 서양철학사 상하권, 정신분석학, 심리학, 문화인류학 등의 책을 심장이 쫄깃해질 만큼 큰돈을 지불하고 구매했다. 그 시절에 다 읽지는 못했지만 세월이 흐르면서 나는 알게 되었다.

　　천사는 하늘을 날지 않고
　　우리와 함께 걷는다는 것을.
　　천사는 책의 행간에, 알고자 하는
　　우리의 눈과 마음에 있다는 것을.

　책을 읽으면서 나는 불행의 이유가 있다면 생각을 하지 않아서라고 생각했다. 이 생각을 하게 되었을 때 몹시 괴로웠지만 생각할수록 스스로에 대해 엄격할 수 있었고 생각을 하지 않은 이유를 찾을 수 있었다. 바로 생각하는 연습이 되어있지 않기 때문이라는 것을 깨달았다. 생각도 몸의 근육과 같다는 것을 말이다. 뇌도 근육처럼 사용하는 부위는 자극이 되어서 발달하고 사용하지 않는 부위는 퇴화되고 감소한다.

생각에 대해 생각하면서 생각이 중요하다는 것을 알면서도 생각을 하지 않았던 이유는 생각하는 것이 힘들기 때문이라는 생각에 도달했다. 어려운 정신적 과제에 도전하기를 포기하는 나약한 정신은 다음 단계로 도약하지 못하고, 스스로의 한계 안에서 아메바와 같은 단순 증식을 거듭할 뿐이다. 목적지가 있는 지도 없이 경험에 의존해서 같은 구역을 헤매 다니면서 길을 찾지 못하는 것처럼. 안개 같이 막막한 인생의 구간에서 벗어나려면 가고자 하는 목적지, 방향이 선명한 나만의 지도를 그려야 했다.

생각을 하기 시작하면서 왜? 어떻게?라는 구체적인 질문과 관찰, 호기심, 상상, 이미지, 숫자... 나를 둘러싼 세상의 열린 비밀에 대해 한층 더 가까이 다가갈 수 있었다. 그동안의 내 생각이 얼마나 편협하고 게으른 것이었는지 한탄하지 않을 수 없었다. 또한 사람과의 관계를 통해서만이 아니라 스스로의 생각을 통해 만물과 사귈 수 있고 외롭지 않을 수 있다는 친밀함을 배웠다.

그는 상담 첫날 노래 한 곡을 들려주었다. 스페인 내전 당시 젊은이들이 불렀던 혁명가로 Mocedades(모세다데스, '젊은이들'이라는 의미를 지닌 그룹)의 Eres Tu(에레스 뚜, '그게 바로 너'라는 의미를 지닌 곡)라는 노래다. 이 노래를 소개하며 그는 마치 내가 전쟁터에 나가는 전사라도 되듯이 힘껏 말했다.

"우리는 각자 자기 삶의 혁명가가 되고 전사가 되어 자신의 삶의 과제를 이루는데 전력을 투구해야 하며 그것을 방해하는 힘을 분별하고 싸워야 한다."

너는 나에게 믿음을 주는 사람

어느 여름날 아침처럼

너는 나에게 미소를 주는 사람

너는 나의 모든 희망

내 두 손에 고인 신선한 빗물 같은 사람

너는 강한 미풍과도 같은 사람

너는 내 마음의 샘에서 솟아나는 샘물 같은 사람

너는 내 벽난로에서 타오르는 불꽃

너는 내 빵에 쓰인 밀가루와 같은 사람

너는 한 편의 시와 같은 사람

밤하늘에 들리는 기타 소리와 같은 사람

너는 내 맘의 지평선 같은 사람

그게 바로 너

나는 가끔 멍하니 앉아 담배 연기 자욱한 그 상담
실을 떠올린다.

말해지지 않은 말, 끝나지 않은 말, 수치스러운 기억, 너무 억울해서 말문이 막힌 경험, 너무 불행해서 삭제된 기억, 너무 행복해서 사라진 기억, 어제의 괴로움과 내일의 불안, 오늘의 암담함, 당장의 모호함, 죽을 것 같은 두려움, 수십 년이 흘렀는데도 잊히지 않는 흔적, 무덤까지 가지고 갈 비밀, 한 번도 본 적 없는 조상들의 모습, 태고의 돌무덤, 심해의 이름 모를 생명체들, 살과 뼈와 신경이 쪼그라들고 부풀어 오르고 타들어가고 폭발하는 충격과 공포를, 존재하는 충일과 부재하는 허무를, 인생의 망망대해 한가운데서 길을 잃은 한 인간의 실존적 곤경을 이해하며 심연을 들여다보게 해 준, 싱클레어가 데미안을 통해 선과 악을 생각하게 되었듯이 혼돈의 삶에서 선과 악을 분별하는 잣대를 제공해 준, 내 삶의 등대가 되어주는 책과 글쓰기로 나를 이끌어준, 미치광이 돈키호테 같았던 그를 생각한다.

캄캄한 밤바다를 항해하는 이에게 빛을 밝혀 길을 인도하는 등대는 고결한 성자의 모습을 연상시킨다. 최초의 등대로 유추되고 있는 세계 7대 불가사의 중 하나인 파로스 등대를 목격했다고 알려져 있는 1,100년경 아랍의 지리학자 알 이디리시는 자신의 저서 〈이븐바투타 여행기〉에서 파로스의 등대를 본 소감을 다음과 같이 기술했다.

하나의 단어로는 등대의 아름다움을 표현할 수 없으며, 인간의 두 눈으로는 등대의 장관을 다 담을 수 없다.

내 인생의 가장 어두운 숲 속에서 길을 잃었을 때 빛이 되어준 한 분의 에피소드를 소개했지만, 사실 돌아보면 나에게는 헤아릴 수 없이 많은 등대가 있었다.

한 사람의 존재, 한마디 말, 따스하거나 엄격한 눈빛, 어둠 속에서 황급히 펼쳐 읽은 글의 행간, 이름도 모르는 지나치는 행인이 베풀어준 사심 없는 친절, 지워지지 않는 꿈의 인도, 날아든 새 한 마리가 전해준 평화, 바닷가에서 주워 든 파도에 둥글어진 조약돌, 마음을 밝혀주는 스마일 이모티콘, 진심을 담아 눌러준 라이킷 하트, 내가 있는 곳 그 어디라도 따라와 주는 달님······

내 앞과 뒤,

위와 아래,

오른쪽과 왼쪽,

나를 둘러싼 모든 것이

하나의 단어로는 표현할 수 없는

등대였다.

걷기

걷
기

걷기는 고단한 일상에서 가장 간단하고 만족스럽게 몸과 마음을 재정비하는 수단이다.

옷을 걸치고 집을 빠져나오면 일상의 감정이 묻은 공간에서 마음이 분리되어 새로운 가능성이 펼쳐진다.

단단한 땅과 광활한 하늘 사이를 걸어 앞으로 나아가면 싱그런 초록이 열린다. 순진한 풀들 사이, 어여쁜 들꽃들이 얼굴을 내민다. 자맥질하는 귀여운 오리와 고고하게 서있는 왜가리, 부지런히 먹이를 먹는 비둘기를 만난다. 산책 나온 하얗고 노란 강아지들과 행복한 시선을 교환한다. 참새들이 명랑하게 지저귀며 내 안의 노래하는 사람을 깨운다. 땅속에 뿌리를 내리고 하늘을 향해 만세를 부르는 나무들과 인사한다. 새순이 돋는 봄나무에 물이 차오르는 것을 보며 나의 몸에도 신선한 물이 순환하는 것을 느낀다.

　　하늘이 잿빛이거나 구름이 빠르게 지나갈 때, 빗방울이 후드득 떨어질 때, 세찬 바람이 불어올 때의 걷기는 저항력을 길러준다. 문제해결력을 키워준다. 의식하기만 한다면 꼭 필요한 무언가를 일깨워준다.

두 발은 땅 위에 단단하게 있고,

하늘은 머리 위에,

친구들은 내 양손에 있다.

나는 그 위에 반듯하게 선다.

가슴에서 새로운 기대와 소망이 움튼다.

몸의 활력을 위해서 걷기 시작하지만 걷다 보면 잊었던 것들이 시야에 나타나고, 책상 앞에 앉아있을 때는 생각나지 않았던 아이디어가 불쑥 올라와 쪽지를 내민다. 자연과의 브레인스토밍. 온몸의 감각으로 생각하는 시간이다. 자연을 느끼는 것은 곧 문학과 예술과 공명한다. 예술적 고향으로 안내한다. 몸, 정신, 영혼이 하나가 된다. 진정한 아름다움이 명료해진다. 걷는 일, 보는 일, 느끼는 일, 모두가 예술이고 사랑이라는 일체감이 살아난다.

걷기는 세 단계로 이루어진다.

하나. 땅에서 발을 뗀다.

둘. 허공에서 발을 이동시킨다.

셋. 땅에 발을 놓는다.

하나. 둘. 셋... 하나. 둘. 셋....

뗀다. 이동한다. 놓는다...

뗀다. 이동한다. 놓는다...

땅에서 발을 떼고 앞으로 옮기고 다음 위치에 내려놓고, 땅에서 발을 들어 올리고, 앞으로 나아가고, 다음 위치에 착지하고, 나의 의지로 한걸음, 한걸음, 앞으로, 앞으로, 나아가는 걷기는 바쁘게 우왕좌왕하는 당연하고 상투적인 일상의 동작이 아니라 신성한 의지적 선택이어야 함을 일깨워준다.

나는 간다… 나는 간다…

앞으로… 뒤로…

오른쪽으로… 왼쪽으로…

빠르게… 느리게…

뜨거운 아스팔트 길을, 외로운 산길을, 드넓은 바닷가를, 무거운 물속을, 차가운 빗속을, 바람에 맞서, 달빛 아래에서, 고요 속에, 음악과 함께, 기쁨으로 가득 차 헤르메스의 날개 달린 신발을 신은 듯 가벼운 발로, 슬픔에 잠식당해 시지프의 돌덩이를 묶어 놓은 듯 무거운 걸음으로, 적절한 보폭을 유지하고, 힘차고 견고한 발걸음으로,

걷는다.
나는 어디로든 갈 수 있다.
보행의 자유를 누리며.

영국의 작가 데이비드 빈센트는 '홀로 걷는 동안에 우리는 우리의 우주를 찾는다'라는 말로 걷기를 예찬했다.

괴테는 파우스트의 마지막 장을 쓸 때, 방 안을 걸어 다니면서 떠오르는 것을 말했고, 그 내용을 비

서가 받아 적어서 완성했다.

　헨리 데이비드 소로우는 하루 4시간 이상 야외에서 움직여야 했고, 그렇지 않으면 마치 속죄해야 할 죄라도 있는 것처럼 느꼈다고 했다.

　버지니아 울프는 혼자 런던을 걷는 시간이 가장 큰 휴식이라 했고, 평생 런던을 산책하고 사색하며 런던에 대한 글을 썼다.

　이처럼 작가들이 두 다리로 캄캄한 무의식의 영역을 휘저어 의식의 밝은 영역으로 언어를 낚아 올린 사례들은 무수히 많다.

　걷기는 자기 회복의 원천이다.
　낚아 올릴 싱싱한 언어가 득실대는 낚시터다.
　나만의 걷기 지도를 만드는 것으로
　자신만의 에덴동산을 가꿀 수 있다.

숫
자

숫
자

· 읽은 문장을 한 단어로 말하기

· 한 단락을 읽고 핵심 메시지 한 문장 요약하기

· 감정을 5.7.5 운율을 가진 하이쿠로 표현하기

· '나는 ooo를 용서한다'를 다섯 번 외치기

· '나는 나를 사랑한다'를 열 번 외치기

· '거룩함을 잃어버리면 인간은 먼지와 같다'를
  A4 한 장에 빽빽하게 쓰기

· 책 내용 30자 한 줄로 요약하기

· 책 메시지 120자로 요약하기

· 인용문 세 개 찾기

1분이라도 늦으면 불호령이 떨어졌던 그곳은
숫자 나라.

상담의 모든 과정은 숫자와의 철저한 동행이었
다.

그는 신을 말하지 않고 숫자를 말했다. 모호해짐
으로써 곤경에 처한 존재에게 질서를 부여하는 숫
자의 정확함과 아름다움을 통해 거룩함을 가르쳐
주었다.

영혼의 무거움은 어떤 문제에 대해 깊이 생각하
는 것을 어렵게 만든다. 익숙한 것에서 빠져나와 의
지를 생각으로 바꾸는 것은 저절로 되는 것이 아니

라 부단한 연습을 필요로 하는 일이다. 이 연습을 하는데 도움을 주기 위해 만들어 놓은 신의 언어가 바로 숫자가 아닐까 생각해 본다.

　하나는 하늘, 바다, 대지 모든 생명체가 모여드는 곳　**둘**은 낮과 밤, 밝음과 어둠, 수축과 팽창, 볼록과 오목, 추위와 더위, 선과 악, 양분되는 세계　**셋**은 빨강, 파랑, 노랑 삼원색, 점, 선, 면, 삼위일체　**넷**은 동, 서, 남, 북, 봄, 여름, 가을, 겨울, 네 줄기의 강, 4 복음서　**다섯**은 손가락, 발가락, 별, 오방색, 반올림의 기준, 신용카드 유효기간　**여섯**은 백합꽃, 눈의 결정, 여섯 개의 달, 창조에 필요한 6일　**일곱**은 월 화 수 목 금 토 일, 빨 주 노 초 파 남 보, 도 레 미 파 솔 라 시. 중세의 칠죄종, 일곱 난쟁이. 북두칠성　**여덟**은 거미와 문어의 다리, 불교의 팔정도, 팔괘, 흐름, 안정, 태양계의 행성 수, 승부를 결정하는 검은색 당구공　**아홉**은 구품 천사(천사의 9계급), 스트라이커의 등번호, 남과 여, 물과 불, 산과 동굴 같은 대립원리의 상징, 처음과 끝 전체

숫자로 되어 있는 것을 생각하다 보면 자연과 더 친해진다. 세계를 이루고 있는 본질에 더 가까이 다가가게 된다.

마이클 슈나이더는 자신의 책 〈자연, 예술, 과학의 수학적 원형〉에서 '수학은 세상과 우리를 만드는 패턴을 인식하게 해 줄 수 있다'고 했다.

필즈상을 수상한 수학자 허준이 교수는 '수학을 왜 공부해야 하는가?'에 대한 이유로 '어려운 정신적 과제에 도전하는 과정 자체를 즐기는 법을 배운다'고 했다.

레오나르도 다빈치는 '수학이 적용되지 않은 과학에는 확실성이 없다'고 하며 관찰하는 모든 것에서 수와 비율을 발견하려 노력했고, 예술과 수학의 연결성을 부단히 실험했다.

그리스 철학자 피타고라스는 '세상의 모든 것은 수'이며 모든 사물을 숫자의 규칙에 결부시킴으로써 '숫자야말로 궁극적인 본질'이라고 믿었다.

생각하는 것은 힘이다.

힘이 없으면 생각을 할 수 없다.

숫자는 중요하다.

숫자는 힘이 세다.

생각을 할 수 있도록 도와준다.

숫자로 생각을 관리하는 것은

본질에 다가가는 힘을 길러준다.

생각이 많아져서 잡념이 될 때, 숫자를 이용해서 생각을 정리하는 글쓰기는 흐트러지고 증식된 뿌연 정신의 안개를 걷어내어 명료하게 만드는데 도움을 준다.

1, 2, 3을 쓰고 그 옆에 무언가를 쓰는 것으로
조금 더 선명한 세상을 만날 수 있다.

자연 속에서, 우리 주변에서
숫자를 발견하는 것으로
조금 더 행복해질 수 있다.

그림

그림 95

그
림

　인생이라는 기차는 종종 엉뚱한 역에 하차해서
우리를 어리둥절하게 만든다. 기대했던 일이 좌절
되거나 소중한 가치가 부정되기도 한다. 그럴 때면
무언가 먹거나 물건을 사거나 정처 없이 돌아다니
거나 깊은 잠을 자기도 하는데, 내게는 그것 말고도
기분을 전환시키는 더 좋은 방법이 하나 있다. 그것
은 바로 동굴에 숨어들 듯 골방에 틀어박혀 그림을
그리는 일이다.

온몸에 힘을 빼고 물살에 몸을 맡기고 떠다니듯이 붓을 따라가고 있었다. 블랙에서 나온 짙은 인디고는 심연의 바다가 되었고, 화면 가장자리에서 시작된 붓질이 화면 한가운데서 형체를 만들기 시작했다. 작은 동그라미가 조금 더 큰 타원이 되고 점점 더 커져서 그것은 고래가 되어가고 있었다. 큰 고래가 그려지자 기분이 좀 달라지기 시작했다. 그 뒤 빈 공간에 어미 고래를 따르는 새끼 고래들을 그려 넣었다. 텅 빈 배경에 춤추는 듯한 수초들과 핑크 빛 산호도 그려 넣었다. 밝아지고 즐거워진 그림에서 노랫소리가 들려오기 시작했다.

Under the sea, under the sea
Darling it's better down where it's wetter
Take it from me
바다 밑 세상
여기가 훨씬 더 촉촉하고 좋은 곳이야
나를 믿어
-인어공주 OST 중에서

그림   97

붓을 내려놓자 '우리 인생에서 일어나지 않도록 부인되는 것은 우리 인생을 지혜롭게 인도하는 존재에 대한 증거'라는 루돌프 슈타이너의 말이 생각났다. 그림을 그리기 전 인디고처럼 어둡던 마음이 산호의 핑크 빛으로 환해지면서 희망의 말을 데리고 온 것이었다.

헤르만 헤세는 마흔 무렵 심리적인 방황과 고통으로 신경증 증세를 보였고, 정신의학자 칼 융을 찾아가 정신분석을 받게 된다. 칼 융의 권유로 그림을 그리기 시작해서 그림을 통해 상처받은 마음을 치유해 나갔다.

나는 지금까지 살아오면서 한 번도 해본 적이 없는 것, 즉 그림을 그리는 가운데 종종 견디기 어려운 지경에 이르는 슬픔에서 벗어날 수 있는 탈출구를 발견했다. 그것이 객관적으로 어떤 가치를 지니는 가는 중요치 않다. 내게 있어 그것은 문학이 내게 주지 못한, 예술의 위안 속에 새롭게 침잠하는 것이다.

헤세는 그림을 통해 자신을 이해하고 마음을 관리할 수 있었고, 〈데미안〉, 〈싯다르타〉, 〈유리알 유희〉를 비롯한 대작들을 남겼다.

칼 융은 환자들에게 붓, 펜, 연필을 사용하여 자신을 표현하도록 격려했다. 그림을 통해 아직 무의식의 영역에 있는 이미지들을 의식 밖으로 끌어내어 표현함으로써 새로운 세계의 질서를 경험하기를 원했다.

그림을 처음 그릴 때, 본 것을 그대로 형상화한다. 이 과정을 통해 점차 자신의 생각과 감정을 의도적으로 표현하는 힘이 길러진다. 수동적으로 머물던 그림이 감정과 의견을 갖고 적극적으로 변모한다.

그림　99

우리는 아직 견고하게 형상화되지 않은 가능성의
이미지를 품고 있다. 그것을 꿈이라고 말한다.

괴테는 '꿈이란 우리들 안에 있는 능력의 예감'이
라고 말했다.

꿈은 달에서 온다.
그림은 달의 언어다.
내면에서 떠다니는 생각과 감정,
가능성의 이미지와 유사한 존재 상태가
붓을 통해 화면 위에 드러난다.

꿈이 형상화된 것이 그림이다.
그림은 의식하지 못한 채 드러낸
무의식의 감정을 가시화하여
자신의 정서를 돌볼 수 있도록 돕는다.

그림은 없는 것을 그리는 것이 아니라,
이미 있는 것을 드러내는 것이다.
우리 안의 가능성을 형상화하는 것이다.

나는 어디에 있나?
붓 끝에 있고,
그림 안에 있으며,
물이 되어 흐르고,
색깔이 되어 뛰어논다.
그림은 마음에 꽃이 피게 하고
나다움에 이르게 한다.

재생의 욕조

재
생
의
욕
조

  흥겨운 콧노래를 부르며 투명하고 따뜻한 물이 담긴 욕조 안에 몸을 폭 담그고 있으면 천국이 따로 없다. 하루동안 겪은 세상의 때가 깨끗이 벗겨지고, 세상의 소음이 고요하게 잠긴다.

  여유로운 저녁 시간, 욕조에 몸을 담그고 있으면 몸뿐 아니라 마음속의 먼지도 말끔히 씻긴다.

나에게 욕조는 모성의 상징이자 자아의 상징이다. 모든 것을 품었던 태초의 사랑의 욕조는 탄생과 함께 박탈의 경험이 된다.

작은 사고 하나 없는 인생은 없다. 상실과 결핍, 죽음 욕동에 이끌리는 허약한 자아로 머물 것인가? 사랑과 창조, 생동하는 삶에 이끌리는 맑고 투명한 자아가 될 것인가?

어떤 삶을 살았든 다행한 일은 지금 이 순간 스스로 결정할 수 있다는 사실이다.

우리는 늘 무엇인가를 결정한다. 오늘 할 일, 먹을 음식, 만날 사람, 읽을 책... 지금의 내 모습은 내가 결정한 것이다. 정(定)한다는 한자는 '집이 똑바로 서다'라는 의미가 있다. 매 순간의 결정으로 허약한 자아의 집을 튼튼하게 세울 수 있다.

정(定)함으로써 질서를 부여하고,

멈추고, 다스리고, 고요해지고, 존재한다.

비로소 거기가 내 자리가 된다.

일본의 소설가 나쓰메 소세키는 젊은 시절 유학을 떠난 런던에서 외롭게 지내면서 답답하고 괴로운 마음의 병을 앓게 된다. 그로부터 탈출하기 위해 생각해낸 것이 '자기본위'라는 네 글자의 단어였다. 자기본위란 타인의 시선을 신경 쓰지 않고 자신의 생각대로 매진하겠다는 다짐이었고, 자신에게 필요한 마음가짐을 언어화하여 정(定)함으로 신경증을 극복하고 대문호가 된 것이었다.

기지개 켜기, 스트레칭, 커피 마시기, 확언, 산책, 독서, 기도, 우리는 일상의 틈틈이 스며드는 무질서와 싸워 질서를 회복하기 위한 무의식적인 행동 습관들을 지니고 있다. 이 습관들이 건강하면 건강한 삶을 살게 된다. 기억나지 않는 유아기의 상황이나 자신도 모르는 오래된 나쁜 습관은 의지만으로 고치기가 쉽지 않기에 우리는 끊임없이 작심삼일의 루틴을 새로이 하고 부단한 노력을 쏟으며 살아간다.

괴테는 아름다움이 무엇인가에 대한 대답으로 '일상'을 말했다. 우리가 살아가는 일상을 조금 더 조화롭게, 건강하게 만들어가는 것이 아름다움이라는 것이다.

아름다움을 의식하며 노트를 펼친다. 떠오르는 한 단어를 적는다. 왼쪽에서 오른쪽으로 한 줄을 적는다. 그 아래에 또 한 줄을 적는다. 내 머리로 결정한 내 생각을 내 손으로 꾹꾹 눌러쓰는 동안 마음의 집이 바로 선다.

쓰므로써 우리는 강해진다.
다시 태어난다.

내게 글쓰기는 마음의 욕조다. 내 마음은 글쓰기를 시작할 때, 투명하고 따뜻한 정신의 욕조 안에 폭 담긴다. 하루동안 겪은 마음의 먼지가 깨끗이 씻기고 마음을 어지럽힌 소음이 고요하게 잠긴다.

내게 글쓰기는 마음을 씻는 욕조일 뿐 아니라, 상처 입은 마음을 재생시켜 주는 치유의 욕조이기도 하다.

그래서 나는 글쓰기를 정신을 바로 세우는 재생의 욕조라 정(定)한다.

매일 아침을
글 쓰는 시간, 기회의 시간, 거룩한 시간,
다시 태어나 솟아오르는
부활의 시간으로 정(定)한다.

재생의 욕조

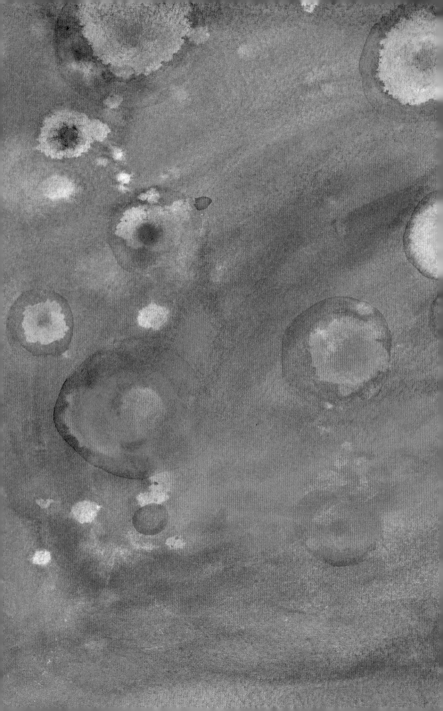

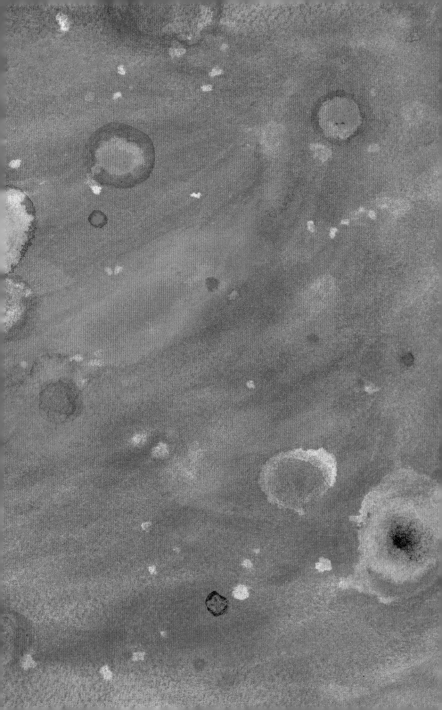

창조

조

어린

어
　린
　　이

　　페인팅을 하는 날이었다. 요정처럼 사뿐사뿐 뛰어다니던 네 살 지우가 "나도 할래요." 하고 왔다. 물을 사용하는 수채화 그림을 그릴 때, 여러 명이 한꺼번에 그리도록 할 수가 없어서 제한된 아이들이 마치고 나서 하도록 규칙을 정해서 하고 있었다.

　　"조금만 놀다가 와." 하고는 5분도 안 되어서

"지우야, 이제 그림 그리자." 부르니까 "이제 안 할래요." 대답한다. 지우는 벌써 친구들 틈에 섞여서 분홍색 보자기를 둘러쓰고는 공주 놀이에 몰입하고 있었고, 지우의 표정은 '누구도 나에게서 이 즐거움을 빼앗지 못해!'라고 말하는 것 같았다.

바느질 시간이었다. 빨강을 좋아하는 일곱 살 민아가 오면 말하지 않아도 빨강 실을 끼워둔 바늘을 건넨다. 열이면 열 "빨강 주세요." 하기 때문이다. 그날도 빨강 실을 끼운 바늘을 주자 "파랑 할래요." 한다. '웬일이지?' 준비되지 않은 파랑 실을 다시 끼워야 하는 번거로움이 있었지만, 한 가지 색깔에만 고착되어 있는 기호가 바뀐 것을 반가워하며 파랑 실을 얼른 끼워서 바늘을 건넸다. 파랑으로 두어 번 홈질을 하던 민아가 다시 빨강색 실로 바꿔달란다.

"마음이 바뀌었어요."

아이들은 어떤 상황이 지속되는 동안만 그 상황에 대해서 관심을 가지며, 상황이 지나가 버리면 거기에 대해서 더 이상 생각을 하지 않는다. 따라서 상황이 아이들에게 어떤 인상을 남기지도 않으며 그 상황에 의해서 정신적인 영향을 받지도 않는다. 늘 과거와 미래에 사로잡히는 성인이 잃어버린 능력인 아이들 만이 가진 능력, '현재에 있는 특징', '소망에 들러붙지 않는 정신'이다. 그래서 아이는 편안하고 늘 즐겁다.

훨훨 날아보자 나비처럼 훨훨
깡총 뛰어보자 토끼처럼 깡총
쓱쓱 쓸어보자 빗자루처럼 쓱쓱

아이들은 1초의 머뭇거림도 없이 나비가 되고, 토끼가 되고, 빗자루가 된다. 아이들은 이야기 세상 속에서 왕자가 되고, 공주가 되고, 고아가 되고, 난쟁이가 되고, 거인이 된다. 스스로 원하는 것이 '되

기'를 통해 자기가 가진 행복과 기쁨을 확장시켜 나
간다.

아이들은 현실을 이야기와 노래와 그림으로 변환
시킨다. 그래서 울다가도 금방 웃고, 부당한 억울함
을 당하고도 용서한다. 내일을 걱정하지 않고 절망
을 모르며 스스로 만든 아름다운 세상에 산다. 그런
의미에서 모든 아이들은 예술가이며 어린 시절을
산 우리 모두는 예술가였다고 말한다.

그것은 우리 모두의 어린 시절에 있다.
상처 입은 우리가 의지해야 할 마음의 고향은
우리 자신의 어린 시절이다.

소파 방정환은 어린이를 '불 켜는 이'라고 했다.
어른보다 더 '새로운 사람'이라고 했다.

어린이는 가진 것 없어도, 내일 일을 몰라도,

불안해하지 않고 두려워하지 않는

용기의 사람이다.

바슐라르는 '어린 시절이 없으면 진정한 우주성도 없다'고 말했다. '어린 시절은 몽상의 모천이며 시원의 물, 인간적 물'이라고 했다. 이 '몽상의 물속에서 존재에 미치지 못하는 것들이 존재가 되려고 시도한다'라고 했다.

어린 시절은 지나간 한 시절이 아니라 인생 전체에 걸쳐 존속된다. 몽상하는 존재인 잠재적 어린아이, 내 안의 창조성은 물리적인 나이를 초월하여 우리의 인생을 활기차게, 기쁘게 이끌어준다.

어린 시절의 능력, 즉 몽상적이고 자유로운 어린이가, 경탄하고 배우고 자신을 변화시킬 수 있는 능력이 우리를 구원한다.

몽상하는 존재인 때 묻지 않은 정신,

세상에 물든 적이 없는

우리 안의 어린아이가

램프를 켜게 하자.

글을 쓰게 하자.

창조하는 주체가 되게 하자.

그리하여

우리 '존재의 나무'를 튼튼하게 가꾸자.

촛불

촛

불

　유치원에서 촛불을 켜고 *끄*는 것으로 하루를 열고 닫았다. 촛불은 모든 아이가 공평하게 돌아가면서 껐다.

　아이들은 누구나 촛불 *끄*기를 좋아한다. 아이들은 자신이 촛불을 *끄*는 차례가 오길 기다리며 다른 친구가 *끄*는 기쁨을 바라본다. 혹시라도 선생님이 실수로 한 아이의 촛불 끄는 차례를 깜빡하면 몇몇 아이들은 용감하게 말한다.

"내가 끌 차례인데요?"

초보 교사 시절에는 이야기나 노래, 춤과 같은 수업 내용에 더 집중했다면 아이들과 지내는 시간이 쌓여가면서 나는 아이들이 자신이 주인공이 되어 촛불을 끄는 날을 기다리고 있다는 사실을 알게 되었고, 그 기쁨을 지켜주는 것에 더 주의를 기울이게 되었다. 아이들이 촛불을 끄는 눈동자를 바라보며 불은 집중시키고, 소란함을 잠재우며, 영원과 불멸을 기억하게 하고, 무엇보다 기쁨을 준다는 생각이 들었다.

촛불을 끄면 한 줄기 연기가 하늘로 올라가면서 허공에 나선형 무늬를 그리다가 더 높은 곳에서 천천히 사라진다. 아이들은 자신이 오늘의 촛불 아이가 되는 것을 좋아하기도 했지만 촛불을 끄고 나서 생기는 연기는 주인공이 아닌 모든 아이들이 다 같이 좋아했다. 매일 보는 연기인데도 아이들은 매번 소리를 지르며 환호했다.

"우와! 저기 봐."
"올라간다. 동그랗다."
"예쁘다. 신기해!"

불을 끄는 순간 촛불은 사라지면서 아이들의 소망을 연기에게 전달한다. 촛불의 부탁을 받은 연기는 아이들의 소망을 가지고 소원 나라로 간다. 촛불을 밝히면 가는 초는 금방 눈물을 뚝뚝 흘리며 키가 작아진다. 뚱뚱한 초는 여유롭게 천천히 탄다.

초가 가늘면 금방 타버려 오래 비추는 빛이 될 수 없다. 초가 굵고 단단하게 잘 버틸 때 오랫동안 따뜻하게 주위를 밝힐 수 있다. 촛불은 자신의 중심에

뿌리를 내리고 있는 가는 심지에 의지하여 하늘로 향하는 존재이다. 수직의 방향을 가진 빛이다. 초는 스스로를 태워 자신을 따뜻하게 하고 주위를 밝힌다.

사람들은 책을 읽을 때 축하하고 기념할 때 사랑하고 애도하고 목소리를 낼 때 약속하고 기도하고 소원을 빌 때 초에 불을 붙여 촛불을 켠다. 촛불을 통해 사람들의 기쁨과 슬픔, 기도와 소망이 하늘로 날아오른다.

나는 글쓰기란 마음이라는 초를 태워 써낸 밝은 불빛 같다는 생각을 해본다.

어둠 속에 주저앉아 누군가가 쓴 한 단어, 한 문장, 한 단락에 마음이 이내 밝아졌던 순간들을 기억한다. 그 빛에 이끌려 일어나 나도 한 단어, 한 문장, 한 단락, 꾸준히 글을 쓰며 나라는 하나의 초가

조금씩 굵어짐을 느끼곤 했던 순간을 소중하게 떠올린다.

가끔 지극한 마음을 글로 표현했을 때, 그 글을 읽은 사람으로부터 도움이 되었다거나 감명을 받았다는 말을 들을 때, 나도 누군가의 어둠을 밝혀 주는 빛이 된 것 같다.

굵직하고 단단한 초가 되어 오래 타오르며 주변을 비추는 빛을 써낼 수 있기 위해 뜨거운 밀랍 속으로 부지런히 담금질을 한다.

기
억

기

억

기억은 일종의 약국이나 실험실과 유사하다.

아무렇게나 내민 손에 어떤 때는 진정제가,

때론 독약이 잡히기도 한다.

영화 〈마담 프루스트의 비밀 정원〉은 마르셀 프루스트의 말로 시작된다. 주인공 폴은 어릴 적 사고로 부모를 여읜 충격으로 말을 잃은 채 단조로운 피아노 연주 일을 시키는 두 이모와 살아가던 중, 우연히 이웃 마담 프루스트의 집에 방문하게 되고, 그녀가 키운 작물로 우려낸 홍차와 마들렌을 먹고 과거의 상처와 행복했던 추억을 떠올린다. 그렇게 되찾은 시간으로 인해 피아노 연주 대신 자신이 선택한 우쿨렐레를 연주하며, 이모들로부터 벗어나 사랑하는 사람과 함께 당당하고 행복한 삶을 살아간다.

아침 글쓰기를 준비할 때 꼭 챙기는 문방사우(文房四友)가 있다. 노트, 펜, 커피 그리고 램프.

램프를 켜면 폴이 홍차와 마들렌을 먹고 추억을 떠올렸듯이 불빛의 무대 위로 잊혔던 낱말의 배우들이 등장한다. 시간, 공간, 사물, 이름, 얼굴, 노래, 기억의 퍼레이드가 펼쳐진다. 비극과 희극처럼 아프고 고통스러운 기억이 사라지고 나면 즐겁고 행복한 기억이 따라 나온다.

성냥팔이 소녀가 성냥불을 켰을 때, 그 불빛 속에서 맛있는 음식과 크리스마스 트리와 다정한 할머니를 보고 배고픔과 추위와 외로움을 잊었던 것처럼, 램프를 켤 때마다 하나의 기억이 선물처럼 주어졌다. 램프를 켤 때마다 떠 오르는 기억을 하나씩 썼다. 하나의 기억을 쓸 때마다 잊고 있었던 상황과 감정, 나와 타자에 대한 이해가 동반되었다.

베르그송은 이해한다는 것은
그것을 자기 스스로 다시 하는 것이라고 했다.

이해한다는 것은 원래 알고 있었던 것만으로는 이루어지지 않는다. 이해란 뭔가 새롭게 알게 된 사실을 기존에 알고 있던 사실에 추가하여 지적으로 재구성할 때 일어나는 의식의 활동이다. 기억은 현재의 한 조각의 퍼즐이 과거와 연결된 전체를 재구성함으로써 현재를 새롭게 이해하는 것이다.

기억은 영어로 리멤버 remember 다.

멤버 member, 구성원들이

리 re, 다시 모이는 것이 기억이라는 의미다.

　기억은 파편화된 조각들로 그것들을 글로 쓰면
구체성이 살아나고 삶의 수많은 표면적 사건 아래
에 있는 진실한 감정을 만나게 한다. 부러진 뼈가
붙으면 처음보다 더 단단해지듯이 파편화된 기억의
조각들을 글로 쓰면 그 글은 이야기된 나, 스토리가
있는 자아상이 되어 나에게 이야기를 들려준다.

　램프 속에는 조금은 낯선 나, 내가 모르는 나, 정
신 싶은 곳의 내가 있다. 램프 속의 나는 나에게 위
로와 지지와 용기를 준다. 쓰는 것은 정확한 사람이
되기 위해 필요한 일이라는 것을 가르쳐 준다. 눈이
침침해지고 총기가 흐려질 때, 램프 속의 깊은 정
신, 내 안의 쓰는 사람은 정신의 안개를 걷어내고

선명한 질문과 명료한 생각을 드러내준다.

　이미 지나간 아프고 슬픈 과거의 두려움과 아직 다가오지 않은 미래의 불안을 잠재우고, '지금, 여기'에서 적절하게 행동함으로써 나를 덥히고, 그 온기로 주변을 비추는 아름다운 사람이 되어보라고 격려한다.

쓰기

쓰
기

    유치원에서 같이 일했던 동료 선생님으로부터 연락이 왔고 오랜만에 만났다. 선생님도 나도 그때보다 살이 쪄 있었다. 운동을 해야 한다는 이야기로부터 시작해서 같이 일할 때 책 읽기 모임을 했던 이야기로 이어졌고, 의기투합해서 공부 모임을 만들었다. 이른바 '길모퉁이 글쓰기 카페', 혼자 밝히던 램프를 같이 밝혔다.

처음에 둘이서 하던 모임은 소식을 들은 다른 선생님이 합류해서 셋이 되고, 또 다른 동료가 관심을 가져서 넷이 되고, 그 동료의 아는 사람이 와고 다섯이 되고... 대여섯 명의 학우들의 소박한 모임이 이어졌다. 그러니까 이 모임은 누군가 독서지도사 자격을 가진 사람이 이끄는 구조가 아니라 나름의 삶의 어려움 속에서 방향을 찾는 사람들이 등대로서의 읽기와 쓰기를 함께 하면서 도모하는 심리 재활 프로그램 정도로 말할 수 있을 것 같다.

책 읽기로 시작해서 글쓰기로 이어졌는데, 새벽에 일어나서 혼자 글쓰기를 시작할 때 읽으면서 큰 도움을 받았던, 나탈리 골드버그의 〈뼛속까지 내려가서 써라〉를 텍스트로 참고하여 우리 모임에 맞는 글쓰기 형식을 만들었다.

1. 30분간 모두가 글을 쓴다
2. 각자가 쓴 글을 돌아가면서 소리 내어 읽는다

쓰고 읽는 것이 전부다.

시작할 당시에는 일상적으로 글을 쓰는 사람들이 아니었기 때문에 글의 배수로가 막혀 있는 상태였고, 글제가 주어지자마자 곧바로 글을 쏟아내지 못해서 머뭇거리는 시간이 필요했다. 그러다가 어느 순간, 펜을 잡은 손이 빨라지기 시작하고 마감 시간이 되면 누가 먼저랄 것도 없이 5분만 더 쓰자는 제안을 할 만큼 많은 감정들이 쏟아졌다.

우리 모두 놀랐던 함께하는 글쓰기의 하이라이트는 낭송시간이었다. 글을 쓸 때는 담담하게 쓴 것이었는데, 자신이 쓴 글을 읽으면서 눈물이 쏟아지는 경험을 구성원 모두가 예외 없이 겪게 된 것이다. 주체할 수 없을 정도의 눈물이 터져서 추스를 시간이 필요할 정도였다. 글쓰기 시간이 되면 책상 위에 종이, 펜, 화장지가 기본적으로 세팅되었다.

우리는 어떤 권위자의 강연이나 책에 의존하지 않고 각자의 내면의 목소리에 의지했다. 회차가 거듭될수록 머뭇거림이 짧아졌고 곧바로 오랜 묵은 감정 속으로 들어갈 수 있는 힘이 생겼다. 추가 시간 없이 정해진 시간에 끝내게 되었고, 낭송 시간에 우는 일도 줄었다. 눈물을 감추고 애써 웃는 것이 아니라 나와야 할 눈물이 빠져나와 마른자리에서 자연스러운 미소가 생겨났다. 오랫동안 같이 일하면서 늘 밝았던 과거 직장 동료들은 누구 하나 나만큼의 아픔이 없는 사람이 없었다.

구성원들이 돌아가면서 지정했던 글쓰기 주제는 이런 것들이다.

· 숨기고 싶은 것들
· 억울하고 원망스러운 일
· 미워했던 사람을 용서하는 것
· 집착. 고착. 방하착 (집착에 대하여)

· 일주일 후에 내가 죽는다면?

· 10년 전으로 돌아간다면?

· 내 인생의 세 남자 (여자)

· 이런 말까지 들어봤다

· 10년 후의 나는?

· 내 안의 좋은 것

· 마음의 시계

· 기억한다

· 책임

· 사랑의 정의

· 희망, 단 하나의

· 나는 왜 글을 쓰는가?

· 일 년 후. 깨달음. 변화

　가장 어두울 때 새벽이 밝아온다고 했던가. 상처를 쓰고 나자 어느 순간부터 글들의 분위기가 밝아진 것을 느낄 수 있었다. 어릴 때 있었던 재미있는 에피소드라든가, 사람들을 웃기고 싶은 의지가 느껴지는 글들이 발표되기 시작했다.

〈모모〉의 작가 미하엘 엔데는 유머에 대해서 이렇게 말했다.

인간이라는 불완전한 존재가 절대자인 신 앞에서
자신의 불완전성에 절망하지 않는 것,
그것이 바로 인간의 숙명임을 깨달으며
따뜻하고도 여유로운 미소를 짓는 태도라고.

눈물이 지나간 자리에서 유머를 나누며 우정이 숙성되어 갔다.

모임을 하는 동안 구성원 중 한 사람이 아르바이트를 시작했다는 소식을 전하면서 한 명씩, 한 명씩 새로운 일을 찾았다는 소식이 들려왔다. 각자 상황이 달랐지만 직장을 잃고 자존감이 떨어지고 힘이 빠진 상태에서 누군가 한 명이 새벽 청소 아르바이트를 하면서 가져온 활력은 곧 다른 학인들에게도 전염되었고, 헬스장 청소, 독서실 총무, 카페, 베이커리, 게스트 하우스 청소 등 일정한 시간 몸을 움직이는 아르바이트를 하면서 무의식이 휘저어졌고, 이는 곧 새롭게 나아갈 방향을 모색하는 동력이 되었다. 글쓰기 근력이 실생활의 근력이 된 것이었다.

글쓰기 모임을 통해 심리상담 대학원에 진학한 사람도 생겼고, 독서논술교실을 연 사람도 있고, 자신의 진짜 꿈이 작가라는 것을 알아낸 사람도 있고, 평생 자신의 업이라고 생각했던 가르치는 일이 실은 유아기 소망이라는 것을 발견한 사람도 있었다. 더 넓고 탄탄한 길을 발견했든, 더 좁은 오솔길을 발견했든, 아예 오던 길을 뒤돌아서 갔든, 모두 보다 명확한 자신의 방향을 찾을 수 있었다.

가장 힘들 때, 어둠 속에서, 어떻게 해야 될지 모르겠을 때, 할 수 있는 최선의 방법으로서의 글쓰기

로 항상 새롭게 힘을 얻고 일어설 수 있었다는 생각
을 하며 혼자 켜던 램프를 같이 밝혔다.

같이 켠 램프 아래에서 들었던 펜은
각자의 삶의 나침반이 되어주었다.

생업에 충실한 사람들이 평일 저녁에 글쓰기 카
페에 모여든다. 글제를 정하고 편한 구석에 가서
30분간 글을 쓰고, 자기가 쓴 글을 사람들에게 들
려준다. 웃어도 좋고 울어도 좋겠다. 어설픈 위로
없이 울 수 있도록 내버려 두고 눈물이 마른 자연스
러운 미소로 차를 마시면 좋겠다. 요란스러운 인사
없이 각자 가던 길을 가면 좋겠다. 카페 이름도 지
었다. 사랑스러운 배우 맥 라이언이 나왔던 영화 〈
유브 갓 메일〉의 배경이 되었던 뉴욕의 '길모퉁이
서점 The Corner Bookstore'을 빌려왔다. '길모
퉁이 글쓰기 카페'라고.

창조의 욕조

창
조
의

욕

조

프로메테우스는 신으로부터 인간에게 불을 훔쳐다 주었다. 그에 대한 형벌로 독수리에게 간을 쪼이는 고통을 당한다. 간은 인체 장기 중에 가장 재생력이 뛰어난 장기로 70% 정도까지 떼어내어도 생명에 지장이 없으며 백일 정도 지나면 완전히 정상 크기로 복원이 된다고 하며, 이는 간을 이루는 세포의 안정성 때문이라고 한다.

신, 불, 독수리, 간, 불복종, 저항 정신, 지성의 의지, 인간의 창조. 프로메테우스의 이미지들은 인간 본성을 깨우치고 높여주며 정신의 삶을 견고하게 하는 활력을 준다.

프로메테우스적 상황 속에 존재하면서 언어를 창조한다. 나 자신을 창조한다.

프로메테우스는 생산하고 창조하는 정신이다.
우리의 프로메테우스적 꿈에 활력을
주는 것은 우리 안에 있는 불이다.

심리학자 칼 융은 '불을 준비하는 것은 더할 나위 없는 의식의 행위이며, 불은 어머니에게 집착하는 어두운 상태를 없앤다.'라고 말했다.

불을 준비하는 것은 세상의 소음과 권위체로부터의 의존을 멀리하고 정신의 빛을 의식하는 것이며,

빛의 의식은 새로운 운명을 열어준다.

우리 앞에 놓인 길은 언제나 빛과 어둠이 혼재되어 있다. 눈부신 빛을 만나더라도 또다시 다양한 어둠을 만나게 된다.

빛 속의 어둠, 어둠 속의 빛을 끊임없이 의식하며 걷는 길이 우리의 길이다.

빛 속에서 경험한 것을 어둠 속에서 반추하는 경험에 대해 일찍이 십자가의 성요한은 '밝은 어둠'이라 하였다. 아무리 짙고, 깊고, 길지라도 모든 어둠은 빛을 품고 있다.

빛을 의식하는 것으로 아무리 깊은 어둠 속에서도 실망하거나 좌절하지 않을 수 있다.

그 빛으로 나의 재생을 도와준 프로메테우스적

글쓰기를 제안한다.

철학자 페터 비에리는 저서 〈자기 결정〉을 통해 건강한 자아상을 만드는 데 있어 글쓰기의 중요성을 강조했다. 자기 결정의 삶은 자신의 의지와 상관없이 어떤 사건을 맞닥뜨리고 당하여 단순한 경험이 펼쳐지는 수동적인 삶에서 벗어나 자신의 생각과 감정과 소망을 주관하는 능동적이고 주체적인 삶이다.

외부로부터의 간섭과 방해에 휘둘리거나, 맹목적으로 열심히 살아가거나, 급변하는 세파에 휩쓸리거나, 힘 있는 사람이나 집단에 의존하거나, 주어진 대로 내 맡기는 삶이 아니라 자신에 대한 존중과 사랑으로 자신의 소망과 생각을 분명히 하고 자기다움을 잃지 않기 위해 투쟁하는 삶이다.

자기 결정적 삶을 일구는 성공적인 경험은 강도

높고 탄력성이 좋은 자아상을 갖게 한다. 맑고 투명한 경계 Boundary, 즉 창조의 욕조를 갖게 한다.

글쓰기는 존재의 방향을 찾아주고, 몸을 세우고, 감정을 세우고, 이성을 세워주는 불이다. 빛을 향해 걷고, 명료해지고, 다시 꿈꾸게 한다.

존재의 분열을 다스리고 자기 결정의 삶을 사는 데 가장 좋은 방법은 글을 쓰는 것이다. 자신의 이야기를 쓰는 것이다. 나의 기억, 나의 의지, 나의 욕구, 나의 감정, 나의 생각, 나의 질문, 나의 두려움, 나의 비전, 나의 꿈, 나의 모든 것을 언어로 표현하는 것이다.

나에 대한 글을 쓴다는 것은 나를 인식한다는 것이다. 나를 이해한다는 것이다. 내가 생각하는 것들에 대한 구체적이고 정확한 단어를 찾아내는 것으로 자기 결정적 존재가 된다. 어디선가 보고 들은 모호한 언어 습관에서 벗어나 내가 선택한 언어를 사용함으로써 내가 선택한 삶을 살게 된다.

이야기가 있는 자아상은 힘을 갖는다.

꿈, 예술, 신화, 정신의 깊은 곳에 근원을 둔 자신의 고향을 만드는 것, 주인공의 여정과 삶의 자세를 문학적 텍스트 삼아 살아가는 것으로 영원히 살 수 있는 힘을 얻게 된다.

나의 이야기가 살아 숨 쉬는 작가적 고향, 풍요로운 영혼 깊은 곳, 내 존재의 나무 아래, 마르지 않는 나의 샘물에서 솟아나는 물을 마시고, 나의 심장에서 만들어진 나만의 잉크로 글을 쓰자.

내 눈물을 닦아주고, 나를 일으켜 세우고, 나를 돕는 천사적인 글쓰기로 스스로를 구원하고 세상의 일원이 될 수 있다.

재
생
의
　
욕
조

나옴

찬양을 받으소서, 내 주님

자매 물을 유용하고

겸손하고 귀하고 순결하게 만드신

주님을 찬양합니다

찬양을 받으소서, 내 주님

형제 불을 아름답고

즐겁고 활발하고 강하게 만드셔서

어두운 밤을 밝히게 하시니

주님을 찬양합니다

−성 프란치스코, '피조물의 찬가' 중에서

욕조는 어린 시절 내게 부정적인 불, 상처 입은 모성, 타나토스적 이끌림인 죽음 욕동을 상징했다.

1984년 7월 21일 아침 7시, 초등학교 5학년 여름 방학이 시작되는 첫날, 부산 보수동 책방 골목 근처 2층집에서 불이 났다. 그 집은 우리 집이었다. 우리 가족은 아버지, 어머니, 언니, 남동생, 나 이렇게 5명이었다. 그때 아버지는 목욕탕에 가셨고, 우리 삼 남매를 대피시키느라 미처 빠져나오지 못한 엄마가 불에 크게 다치셨다. 엄마는 화상병동의 치료용 욕조에서 고통스러운 치료를 받았다. 상처의 재생에도 긴 고통과 시간이 걸렸지만 우리 가족은 재난의 트라우마를 견디며 오랜 세월 경제적, 심리적, 정신적 재생의 길을 걸어야 했다.

사춘기가 시작될 즈음 모든 것을 태워버린 화재는 어린 정신에 그을음을 남겼다. 적절하게 치료받지 못한 외상 후 스트레스 장애는 불안으로 인한 악성 편두통, 발표 불안, 학습 장애, 난독증, 결정 장애, 비만 등의 신경증과 심인성 질환으로 심화되었고, 무슨 일을 하든, 어디에 있든, 누구와 만나든 그 자리가 내 자리가 아닌 것 같은 불편함과 초조함, 존재 불안에 시달리곤 했다. 그럴수록 총명했던 유년의 나, 되찾고 싶은 나, 더 나은 나, 더 많이 이루고 성취한 내가 되고자 나 자신을 혹사하며 달리고 또 달렸다.

더는 달릴 수 없을 만큼 고갈되었을 무렵, 나는 신부님으로부터 심리상담을 받았다. 정신분석을 통해 무의식에 억압된 감정을 깊이 들여다보면서 무언가 성취함으로써 언젠가의 나, 더 나은 내가 되는 것이 아닌, 나 자신이 되는 것이 훨씬 중요한 일이라는 것을 깨달았다.

나 자신이 되는 데 있어 가장 도움이 되는 활동으로 스스로 생각한 것을 정확하게 표현하기 위한 글쓰기를 하게 되었고, 글을 통해 나의 감정과 생각과 소망을 표현할 수 있는 용기와 자유를 갖는 것이 무엇보다 가치 있는 일이라는 것을 알게 되었다.

심리학자 칼 융은 말했다.

내 인생을 돌이켜 보면 나는 뭔가에 씌어 산 것 같다. 그로 인해 나는 많은 괴로움을 당했고 내게 딸린 사람들 또한 고통을 받았다.

내 인생도 그랬다. 롤러코스터같이 굴곡진 인생길을 숨이 차도록 뛰고 달렸다. 돈에, 사람에, 일에, '나는 누구인가?'라는 질문에 쫓고 쫓기며 방황했다. 천 개의 물길에 휩쓸리고 천 개의 불길에 도망쳤다. 지금은 그 도주를 멈추었다.

세상이 복잡다단하고 무언가 숨겨진 비밀을 찾아야 할 미로같이 보이지만 그 미로는 사실 간단하다. 지금 이 순간에서 통한다. 그날 그날, 찰나를 잘 지내다 보면 천 개의 문은 하나가 되어 형체도 없이 사라진다. '어디로든 문'이다.

무지하고 나약하고 한계에 부딪혔던 어제의 나를, 한 뼘 더 자란 오늘의 내가 이해하고 용서하고 받아들여 통합하는 것이다.

프루스트가 말했듯이 '미스터리는 새로운 장소로 떠나는 것이 아닌 새로운 눈으로 바라보는 것'이며, '어디로든 문'은 곧 새로운 눈이다.

나에게는 다행히, 나의 도주를 멈추게 해준, 천 개의 문을 하나로 만들어 준, 그림과 글이 있었다.

욕조는 오늘의 내게 재생을 상징한다. 위로와 성장, 에로스적 이끌림인 창조를 상징한다. 넘쳐나는 정보와 관계의 쓰나미에 휩쓸리지 않도록 나를 지켜내는 맑고 투명한 경계를 상징한다.

나는 이 글을 읽는 누군가에게도 글쓰기가 내게
그러했듯이, 벌거벗어 추운 몸을 따뜻하게 어루만
져 주고, 먼지 묻고 상처 입은 마음을 다독이며, 하
루를 살아갈 뜨거운 온기를 지니는, 축복이 되기를
소망해 본다.

내게 재생이 필요했던 상처는 불, 두려움이었다.
이 글을 읽는 각자에게 재생이 필요한 상처는 또 다
른 불, 두려움일 것이다.

자신을 굳게 믿고 용기 내어 보라고 말해주고 싶
다. 재생의 욕조에 몸을 담가 치유와 화해의 빛을
발하며 매 순간 새롭게 태어나자고.

첨언

나옴 글을 쓰면서 달력을 보니 공교롭게도 7월 21일이다.

7월 21일은 1984년, 40년 전 우리 집에 불이 났던 날이다. 40년 세월이면 강산이 네 번은 바뀔 시간인데 아직도 그 재난을 소환해서 글을 썼다니. 이제는 그 불을 글로써 떠나보내려 한다.

없었다면 더 좋았을 것 같은 고통과 상처로 인해 만들어진 길을 걸었고, 그 길 위에서 신을 만났고,

사랑을 배웠다. 꽃길만 걷기를 바라며 글을 맺고 싶지만 삶이란 그렇지 않다는 것을 알아버렸으니 겉치레 인사를 하고 싶지는 않다.

인생의 바다에서 뜻하지 않는 풍랑을 맞닥뜨리더라도 꿋꿋하게 살아가기를, 하루하루 매 순간의 희로애락, 오욕칠정을 만끽하기를, 일희일비하며 인생의 깊이를 깊게 하고 넓이를 넓혀가기를, 모든 것을 기억하고, 모든 것을 용서하고, 모든 것과 화해하기를, 그 땅에서 남아있는 한 톨의 성한 도토리를 싹 틔우고 둥치가 큰 참나무로 자라나기를, 온갖 생명체가 모여드는 싱그러운 참나무 숲을 그려보기를, 그곳에서 만나 또다시 신나게 놀기를,

발이 바닥에 닿지 않는 막막한 물의 시련과
온몸이 녹아내릴 듯 뜨거운 불의 시련 속에서도
자신의 뿌리를 믿고 의연하게 존재하다 보면
어느새 자매 물과 형제 불을 찬미하며

우리는 다시 만난다.

무슨 일이 있었든,

다정한 인사 나누며.

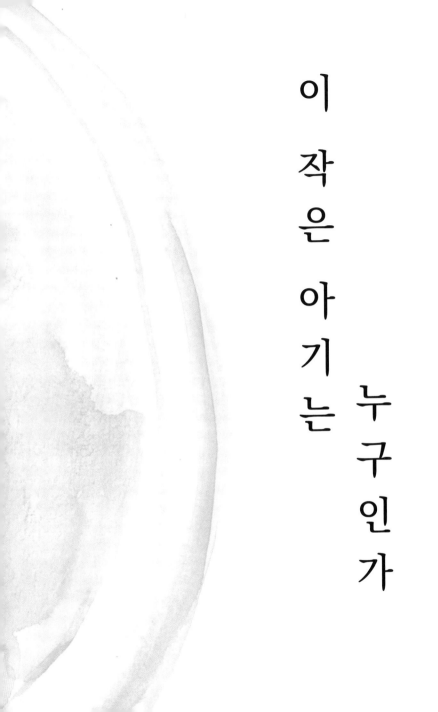

이 작은 아기는 누구인가

이 작은 아기는 누구인가?

1. 대추공주

　나는 태어날 때 아주 작았다. 2kg 남짓하게 태어났는데 아기가 너무 작고 새까매서 이모가 지어준 별명이 대추씨였다. 대추도 아니고 대추씨라니! 너무한 것 아닌가! 이모는 내가 초등학생이 될 때까지 만날 때마다 그 이야기를 했다. 갓난아기일 때 너무 작아서 대추씨 만하다고 대추공주라고 불렀는데 벌써 이만큼 컸다며 믿기 힘들다는 말을 하고 또 했다.

그러면서 빠지지 않고 이어지는 이야기는 아기가 너무 작고 체중이 미달이라서 인큐베이터에 들어가야 된다고 했고, 마침 인큐베이터에 넣기 직전에 물을 먹이려고 젖병을 물렸는데, 작은 아기가 두 손으로 젖병을 꽉 움켜잡고 젖꼭지를 힘차게 빨아서 물을 먹었고, 그 모습을 본 의사 선생님께서 '이 아기는 힘이 좋아서 인큐베이터에 안 들어가도 되겠다'고 해서 안 들어갔다는 이야기가 나의 탄생 설화다.

지겹도록 들었던 대추공주 이야기가 나는 싫었다. 언니보고는 얼굴이 하얀 게 꼭 복숭아 같았다는 이야기를 하면서 복숭아 공주라고 했고, 나 보고는 새까만 대추 공주라고 하는 게 듣기 싫었다.

나중에 나는 진짜 대추도 싫어했다. 작고 뻘건 것이 쭈글쭈글 주름까지 사정없이 잡혀 있는 모양새부터 시작해서, 달고 맛있다고 해서 먹어보면 내 입에는 진짜로 맛이 없었다. 뭔가 이상한 냄새가 나는 것 같아서 한입 먹어보다가 몰래 버리곤 했다. 게다가 대추는 과일이라면서 과일 가게에서 팔지도 않았다. 건어물 가게에서 말린 문어나 곶감들과 어깨를 나란히 하고 있는 것도 뭔가 마음에 안 들었다. 귀한 음식이라서 제사상에 올린다지만 어린 마음에 제사상에 올라가는 음식인 것도 뭔가 마음에 안 들었다. 뭐야? 대추! 이렇게 내 마음에 안 들면서 나를 대표하는 과일일 수 있단 말인가?

별로 좋아하지 않아서 잊어버리고 살았던 대추를 장석주 시인의 놀라운 시 '대추 한 알'을 통해서 운명적으로 재회했다.

저게 저절로 붉어질 리는 없다.
저 안에 태풍 몇 개
저 안에 천둥 몇 개
저 안에 벼락 몇 개
저 안에 번개 몇 개가 들어서서

붉게 익히는 것일 게다

저게 혼자서 둥글어질 리는 없다
저 안에 무서리 내리는 몇 밤
저 안에 땡볕 두어 달
저 안에 초승달 몇 달이 들어서서
둥글게 만드는 것일 게다

대추야
너는 세상과 통하였구나

장석주 시인이 꼭 나를 위해서 써주신 시 같았다.
대추보다도 작은 대추씨를 떠올리게 했던 아기는
대추를 한 움큼 집어서 입 속에 털어 넣고 우적우적
씹어먹을 만큼 장성하여 대추처럼 주름져갈 인생
곡선을 바라보고 있다.

'대추 보고 안 먹으면 늙는다'고 할 만큼 건강에

좋은 대추, '쪼그라들지언정 결코 썩지 않는다'는 굳센 기상의 대추, 벼락을 맞아도 죽기는커녕 더 단단해져서 도장이나 묵주, 염주 같은 행운을 가져다주는 예술품으로 값비싸게 팔린다는 대추나무, '대추 한 알'의 따뜻한 기운이 다른 대추들을 끌어당겨 대추 별자리를 만들고, 대추에 대한 멋진 정보들이 속속 날아들었다. 이쯤 되니 자진반납했던 대추공주 타이틀이 슬그머니 탐나기 시작했다.

나는 여전히 대추의 참맛을 잘 모르고, 대추보다는 백도, 황도, 천도, 딱딱이를 비롯한 모든 복숭아의 향기와 달콤함을 더 좋아하지만, 내가 대추공주였다는 출생의 비밀이 왠지 자랑스러워지고 누가 묻지 않는데도 은근히 대추 자랑을 하고 싶어진다.

길을 가다 꼬마 친구들을 만나면 속으로 말하곤 한다. '넌 무슨 공주니? 난 대추공주야!'

이 작은 아기는 누구인가?

2. 빅빅걸

    초등학교에 입학했을 때, 우리 반에서 유치원에 안 다닌 사람은 나와 어떤 친구 둘 밖에 없었다. 부모님이 나를 유치원에 안 보낸 이유는 언니가 유치원에 갔다가 너무 많이 우는 바람에 원장 수녀님께서 이 애는 도저히 안 되겠다고 데려가라고 했고, 그 이유로 나도 유치원에 안 다니게 되었다.

    그건 그렇다 치고 1학년 선생님으로 적합하지 않은 불친절한 담임 선생님을 만난 것은 진정 불행한 일이었다. 늘 회색 양복을 입고 2:8 가르마에 번들거리는 동백기름을 바른 할아버지 선생님은 유치원에 다니지 않아서 규칙을 모르는 우리 둘에 대한 의무를 망각하고 기본적인 생활 수칙을 알려주지 않았다.

1학년 첫날 비가 왔고, 학교 뒷담 아래에서 두꺼비가 나왔다. 첫 쉬는 시간, 유치원을 다니지 않은 우리 둘은 쉬는 시간을 마치는 종이 울렸는지도 모르고 두꺼비를 구경하고 있었고, 곧 담임 선생님이 우리를 잡으러 나왔다. 선생님은 우리 둘을 교단 앞에 세웠다. 그리고는 교탁 위에 있던 커다란 초록색 출석부를 들어서 우리 머리통을 한 대씩 퉁퉁! 내리치는 것이 아닌가! 순식간에 일어난 일이었다. 한 인간의 인생에서 신성한 학교 생활이 시작되는 첫날, 나는 나를 맡아줄 담임 선생님을 미친 영감쟁이라고 생각했다.

눈앞이 캄캄했지만 나는 웬일인지 집에 말하지 않았고, 잠깐 주눅 들어 있었지만, 곧 괜찮아졌다. 나는 비록 유치원에 안 다녔지만 다른 아이들이 유치원에 간 동안 집에서 그림을 그리면서 이야기를 지어내고, 아버지 양복점 커다란 재단 종이에 수많은 인형을 그리고, 가위로 오리고, 와이셔츠 박스로 인형집을 만들었다. 오후에는 유치원 갔다가 돌아온 친구들과 놀았는데, 나는 뭐든지 잘해서 골목대장이었다. 계단에서 뛰어내리기도 내가 제일 잘했고, 달리기도 제일 빨랐고, 유리구슬도 제일 많이 모았다. 종이인형이 제일 많은 것은 말할 필요도 없었다.

나는 유리구슬을 들여다보며 소원을 빌었다. 다시는 나쁜 일이 일어나지 않게, 행복한 일만 있게 해달라고. 유리구슬은 소원구슬은 아니었다. 불행의 그림자는 우리 집을 또 한 번 덮쳤다. 동생이 태권도 학원을 갔다 오던 길에 건널목을 건너다가 버스 뒤에서 튀어나오는 택시를 보지 못하고 그만 차에 치이고 말았다. 동생은 오른쪽 발목이 부러졌고, 수술을 받고 장기 입원을 하게 되었다.

부모님은 동생의 회복에 모든 신경을 쏟았고, 나와 언니는 우리 몸보다 몇 배나 큰 재단 종이 위에 엎드려서 동서남북으로 뱅뱅 돌아가면서 그림을 그리고, 우리가 그리는 그림으로 이야기를 만들어 내면서 놀았다. 이야기는 대체로 이렇게 시작되었다.

"안녕? 너는 누구니?"
"나는 수지라고 해. 너는 누구니?"
"나는 장미. 우리 뭐 하고 놀까?"

수지와 장미는 한참을 그리고 이야기하다가 무슨 일인지 서로가 그린 그림에 황칠을 했다. 황칠을 하고 종이를 찢고 나아가서는 종이가 아니라 서로를 두들겨 패면서 끝이 났다.

동생이 장기입원을 했을 때도, 학교 첫날 선생님한테 머리를 맞았을 때도, 유치원에 다니지 않았을 때도, 나는 별로 불행하지 않았다. 그 모든 것을 쏟아낼, 참을성이 강한, 나에게는 빅빅페이퍼가 있었으니까.

어릴 땐 언니를 이겨먹으려고 했지만 쉰이 넘은 지금의 나는 속 깊은 우리 언니가 있어서 좋고, 언니한테만큼은 철없는 동생일 수 있어서 좋다. 오랜만에 만난 언니와 수다를 떨다가 언니는 쇼펜하우어의 명랑함에 대해, 나는 스피노자의 기쁨에 대해 이야기를 하며 두 눈을 반짝였다.

큰 큰 종이에 큰 큰 세상을 그리고 서로를 두들겨 팼던 언니와 명랑함과 기쁨을 나누며, 서로 의지하고 서로를 구원하면서 황혼을 함께 걷는다. 작고 작은 일들을 넘고 넘어서 크고 큰 세상을 살아나간다. 빅빅페이퍼를 가득 채운 튼튼한 두 팔로.

이 작은 아기는 누구인가?

3. 높고 높은 하늘이라 말들하지만

오래전, 인지학 강의에서 '천상에서 영혼이 어머니를 선택해서 이 세상에 온다'는 말을 들었을 때, 엄청나게 강력한 화두를 받은 기분이었다.

나의 엄마는 태어날 때부터 아버지가 안 계신 유복자였다. 엄마의 아버지인 나의 외할아버지는 엄마가 뱃속에 있을 때 일본군에 강제징용 당한 피해자였다. 외할아버지는 일본이 아시아태평양전쟁을 위해 동원한 조선의 선량한 젊은이 중 한 명이었다.

그들은 혹독한 노동환경에서 목숨을 잃은 경우가 부지기수였고, 일본 패전 뒤 조선인 노동자들은 방치되어 연락이 두절되었고, 한국 정부는 오랜 세월 피해 보상에 소극적인 태도로 피해자 가족에게 이중의 고통을 주었다.

외할머니는 아기를 낳아서 할머니에게 맡기고 출가 하셨다. 유년의 엄마는 할머니 손에 자라다가 할머니가 돌아가시면서 삼촌집에 맡겨졌고, 삼촌집에서 경제적인 어려움 때문에 계속 돌보지 못해서 입양되었고, 아버지를 만나 결혼할 때까지 입양 가정에서 하녀 같은 삶을 사셨다. 교육을 시키지도 않고, 전일적인 인격체로 대하지 않고, 일하는 도구처럼 생각했던 비인간적인 입양이었다. 무학의 엄마는 내가 성인이 되었을 때 YWCA에서 한글을 배우셨다.

제대로 양육받지 못했던 엄마는 몸이 자주 아프

셨고, 급기야 화재라는 큰 사고로 오랜 세월 고통스러운 치료를 받고 재활의 삶을 사셨다. 그런 모진 삶 속에서도 무릎으로, 기도로, 믿음으로, 우리 삼 남매를 남부럽지 않게 키워 내셨다.

경험적인 인생으로만 보면 이렇게 정성껏 잘 키워주셨는데 나는 왜 그렇게도 좌불안석하며 업장소멸의 원을 세우는지 이해할 수 없었지만, 무의식의 심연을 들여다보면서 한 개인의 삶은 개인의 경험을 넘어서서 부모 세대의 한과 감정까지 오롯이 세포 깊숙이 잠재태로 잠복해 있다는 것을 알게 되었다.

한 가정의 남편을, 태어나지도 않은 아기의 아버지를, 소중한 한 사람의 인생을 무참히 짓밟은 역사의 횡포는 그 시대를 경험하지 않은 후세에 까지 실제적인 피해와 고통을 남기고 있음을. 내가 일본군 강제징용 피해자 3세대라는 사실을 아프게 받아들였다.

불행한 엄마의 인생이 불쌍했고, 슬펐고, 분노했지만, 나도 아이를 낳고 엄마가 되면서 엄마의 불행이, 외할머니의 불행이, 역사의 불행이 정신적, 신체적 증상으로 나타나기 시작했다. 삶의 리듬이 깨지고, 불안 속에서도 성실했던 삶의 궤도에서 이탈하는 심각한 분열이 일어났다. 나의 분열이 죽은 자들과 아무 상관없다고 저항했지만, 나의 피부와 신경과 피와 꿈은 역사를 기억하고 보여주었고, 누군가는 가출이라고 비난할 수도 있는 출가의 삶을 살았다. 어두운 침묵 속에서 적절한 말이 자라날 때까지 존재 불안의 유령과 진검승부를 했다.

그러는 동안 가끔씩 인지학에서 말한 '천상에서 자녀가 엄마를 선택해서 이 세상에 왔다'는 명제가 떠 올랐다. 카르마는 노력을 하는데도 잘 고쳐지지 않는 악습과도 같은 삶의 고질적인 문제이고 패턴이며, 그 뿌리는 0세에서 3세, 기억할 수 없는 영아기에 있다. 죽을 때까지 나의 뒤통수를 볼 수 없듯이, 달의 뒷면을 볼 수 없듯이, 전 인생의 카르믹한 문제를 품고 있는 그 시절의 기억이 없다는 것이 인간의 숙명이 아닌가 한다.

어느 날, 얼음이 풀려 강이 흐르듯이 내 마음에 얼어붙었던 강이 풀리고 졸졸졸 소리가 들렸다. 12년 만에 찾아뵌 엄마는 다시 아이가 된 것 같았다. 아무것도 묻지 않고, 누구도 원망하지 않았다. 귀가 잘 들리지 않고, 신체와 정신의 많은 부분이 손상되고, 손해 보고, 손실되었지만 맑았다. 한 번도 상처 입지 않은 사람처럼 환했다. 엄마는 느려졌지만 끊임없이 천천히 움직이며 살아가는데 필요한 일들을 능란하게 해냈다. 모진 풍파에 오랜 세월을 견딘 바위나 나무 같은 부드러움과 따스함과 유쾌함이 있었다. 나는 그런 엄마에게서 비로소 안정감을 느꼈다.

12년 만에 가족을 만나고 돌아왔을 때, 언니가 카톡으로 책 한 권을 알려주었다. 언젠가 도서관에서 읽은 적 있는 신경의학자 올리버 색스의 〈아내를 모자로 착각한 남자〉였다. 당장 주문했고, 바로 읽었다. 한 문장 '버티고 있는 존재'를 보았을 때, 오열했다. 내게 남아있는 독기를 빼내는 구원의 말이었다.

인간이 퇴행하면 구체적인 것밖에 이해할 수 없게 된다고 생각해서는 안 되며, 구체적인 것을 이해하는 원래의 능력은 상실되지 않고 남는다고 생각해야 하는 것이다. 기본적인 인격과 정체성 그리고 손상받기는 했지만 엄연한 생명체로써 버티고 있는 존재 그 자체는 상실되지 않고 남는 것이다.

나의 엄마는 태어나면서부터 아버지를 잃었고, 어머니를 잃었고, 일생에 걸쳐 수많은 사고와 질병, 재난과 상처로 고통받았지만, 여전히 풍부한 상상력으로, 순진한 믿음으로, 그 자리에서 버티고 계셨다. 오직 더 줄 것만을 준비하면서.

아버지를 비롯해서 가족들은 입을 모아 말했다. 엄마는 천사라고 말이다. 신은 모든 사람에게 갈 수 없어서 엄마를 보냈다고 했다. 인지학에서 말하는 '천상에서 내가 엄마를 선택했다'는 말을 나는 이십 년 만에 이해하고 받아들이게 되었다.

이 작은 아기는 누구인가?

환영받지 못했던 탄생의 욕조,
화상치료용 고통의 욕조에서 부활하신
나의 어머니, 믿음의 사람,
김태수 벨라뎃다.
탕자, 돌아가는 길에서 다시 선택한
우리 엄마다.

부
록

부록 1.   필명 오렌의 비하인드 스토리

나는 과일을 좋아한다. 누가 제일 좋아하는 과일을 물어보면 선택 장애가 오곤 했는데, 그 난감한 상황을 피하기 위해 수박을 제일 좋아한다고 발표용으로 선택해 놓기도 했다.

현재 사용하고 있는 캐릭터와 필명 오렌은 오렌지를 상징한다. 사실 처음 이 이름을 사용할 때는 오렌지는 생각한 적도 없었고, Old의 의미인 오랜이었다.

오랜공작실이라는 이름으로 홈페이지를 운영하면서 그림을 그리고 글을 썼는데, 그때 사용한 오랜이라는 필명을 사람들이 오렌지라고 자의적으로 생각했고, 그 생각이 나에게 들어와서 중의적인 의미를 가진 단어면 더 좋겠다는 생각으로 발전했고, 추상적인 오랜 보다 형태와 색깔이 선명한 오렌지가 캐릭터 만드는데도 더 유용하고 좋겠다는 생각이 들어서 아예 원래의 뜻이었던 오랜이 심층으로 사라지고 표층에는 오렌지가 드러나 활동을 하고 있는 셈이다.

나의 소망과 세상의 요구가 만난 곳에서 일어나는 것이 소명이라고 했던가. 내가 생각지도 않았던 오렌지를 나에게 선물해 준 세상과 오래된 나의 기억들을 엮어서 새롭고 상큼한 무언가로 탄생시키고자 하는 창작자의 소명을 끌어안게 되었다.

예뻐서 좋은 딸기, 별이 들어있는 사과와 감, 원

숭이와 같이 좋아하는 바나나, 가난한 사람도 부자가 되는 루비 상자 석류, 채소인지 과일인지 헷갈리게 하지만 건강에 좋은 토마토, 창조주의 예술적 감각에 놀라게 되는 용과, 어느새 나의 일부가 된 오렌지 만세!

수박, 딸기, 사과, 감, 바나나, 석류, 토마토, 용과, 오렌지... 천차만별로 형상화된 과일들은 진정 같은 물을 마셨던 걸까? 이들이 정말 씨앗이었고, 꽃이었던가? 예쁘장한 색깔과 향기로 배를 불리고 기쁨을 주는 열매를 생각한다. 나의 씨앗을, 꽃을, 열매를 떠올려본다.

부록 2. 가벼움 훔치기

지난 주말, 모처럼 중고서점에 갔다. 언제가 마지막이었는지 모를 그때와는 책에 대한 취향이 달라져 있었다. 언젠가, 두꺼운 신학, 철학, 과학, 심리학 서가 앞에서 그 벽돌책들을 우러러보며 불행한 이유가 있다면 책을 많이 읽지 않아서라고 생각한 적이 있었다. 모르는 게 많아서라고. 그리고 죽을 때까지 이 모든 책을 다 읽겠다고 생각했다. 지금도 공부에 대한 갈망은 여전하지만 들끓는 열망이나 시기를 놓친 분노는 증발한 것 같다. 좀 더 단순해졌고 가벼워졌다. 이제야 나 자신과 세상에 대한 용서가 이루어진 듯하다. 내 어깨 위에서 무거운 짐을 내려놓았다.

중고책 세 권과 노트 한 권을 샀다. 책은 언어의 온도(이기주) , 하늘과 바람과 별과 시(윤동주), 가벼운 마음(크리스티앙 보뱅)이다. 작고 얇고 가볍다. 어려운 게 하나도 없다.

노트는 홀로그램 특수 재질로 달이 그려져 있는 검은색 양장 노트다. 달은 고향 같다. 새 노트를 살 때마다 행복해진다. 새 노트를 바라보고 있으면 단단한 나무를 뚫고 올라와서 피어나는 여리여리한 분홍 벚꽃 같은 힘이 느껴진다. 뭔가 그럴듯한 성과를 내지 못한 채 중고서점을 드나들고 공책과 펜을 사는 나에게 아직도 그러고 있냐고 말하는 사람들과 멀어졌다. 나는 계속 이럴 것이니까.

내게는 더 이상 아버지든 어머니든 남편이든 필요하

지 않다. 그런 건 너무나 충분히 가지고 있었다. 내게 필요한 건 단지 목덜미로, 피부와 블라우스 사이로 스미는 시원한 바람을 느끼는 것이며, 내 눈을 전나무의 짙디짙은 초록색으로 물들이는 것뿐이다. 나는 조금 전 풀밭 위에서 얼핏 보았던 종달새가 된 듯한 느낌이 든다. 종달새는 깃털과 노래의 떨림 속에서 온전한 자신이 될 권리를 누리며 땅에서 하늘로 날아올랐다.

철창 뒤에서 졸고 있던 늑대는 나였다. 창공에서 작고 조용한 환희로 몸을 떠는 종달새는 바로 나다.

어제는 철창, 오늘은 하늘,
나는 발전하고 있다.

크리스티앙 보뱅의 이 문구를 읽었을 때, 문장을 읽는 것으로 자유로워질 수 있다는 희열을 느꼈다. 가벼움을 훔치고 자유를 느낀다.

부록 3. 휴식같은 내 친구를 소개합니다

저는 어릴 적에 난독증인줄 모르고 난독증의 어려움을 겪었답니다. 그래서 다른 사람들이 보물 같은 기억이라고들 하는 어린 시절의 독서 기억이 별로 없는 것이 인생에서 가장 한스러운 일이랍니다.

그런데, 읽기와 쓰기는 늘 같이 다니는 것 같으면서도 활성화되는 뇌의 영역이 다른지 어릴 적에 책을 많이 읽지는 않았지만 글을 썼던 기억은 곳곳에 있습니다. '쓰는 나'에 대한 기억보다 먼저 말해야 될 것은 '이야기하는 나'에 대한 기억입니다.

초등학교 2학년 때였어요. 아침 조회 시간마다 "이야기할 사람?"선생님이 질문하면, 다들 "저요! 저요!"손을 들었고, 선생님이 지목한 사람이 교탁 앞에 나가서 이야기를 했답니다. 담임 선생님은 키가 훤칠하시고 인상이 좋은 훈남 총각 선생님이셨죠. 아이들이 이야기를 시작하면 앞쪽 창가 의자에 앉아서 흐뭇하게 지켜보시곤 하셨어요.

이야기가 재미있으면 선생님이 소리를 내서 "하하하!"웃으셔서 제 차례가 되면 일부러 더 과장해서 웃기게 이야기를 했죠. 아주 오래된 이야기인데, 선생님이 상체를 뒤로 꺾었다가 배를 잡고 앞으로 숙였다가를 반복하는 장면이 실재의 기억인지 상상인지 둥실! 떠오릅니다.

아침 이야기 시간마다 목에 핏대를 세우고 "저요! 저요!"를 외쳤고, 다른 아이들에 비해서 자주 교탁 앞에 나갔고, 선생님을 웃기기 위한 열의는

'이야기를 재미있게 잘하는 아이'로 인정을 받기에 이르렀답니다. 내 이야기를 듣고 선생님과 친구들이 박장대소를 하며 환하게 웃어주던 그 교실을 아름답게 기억합니다.

　그 후로 초등학교 졸업할 때까지 글짓기 대회에 나가서 상을 많이 받았고요 (자랑을 하려는 건 아닙니다). 그런데, 저의 글쓰기 인생에서 참 이상한 사건이 벌어집니다. 초등학교 6학년 무렵 한 신문사에서 주최하는 백일장 대회에 학교 대표로 나가게 되었습니다. 그때 동시 부문과 산문 부문이 있었고, 글제로는 운동화와 도시락이 나왔답니다. 저는 동시 부분에 손을 들었는데 선생님께서 동시에 사람이 많다고 산문으로 보냈고, 운동화에 대해서 쓰고 싶었는데, 운동화에 사람이 많이 몰렸다고 도시락으로 보내서 결국 불만스러운 채 원하지 않는 부문과 소재로 백일장을 치르게 되었죠.

악조건 속에서도 학교의 명예를 걸고 고군분투하여 전국에서 2등에 해당하는 최우수상을 받게 되었답니다 (자랑을 하려는 건 아닙니다). 대회를 주최한 신문사 강당에 가서 상을 받는 날이었습니다. 그때 엄마가 아팠는지 무슨 사정이 있었는지 기억이 안 나는데, 엄마는 기억의 장면에 없고 언니가 시상식에 가는 내 옷의 매무새를 가다듬어 주고, 골덴 재질의 분홍색 리본 모양의 머리핀을 꽂아준 기억이 나고요. 차를 타고 외부로 나가야 하는 시상식에 (아무리 6학년이라고는 하지만) 아무도 안 따라갔을 리 없는 것 같은데, 가족이 같이 간 기억은 나지 않습니다.

산문 부문 도시락 최우수상에 제 이름이 호명되었고, 무대에 나가서 상장과 영광스러운 금빛 트로피를 받았습니다. 군중들이 일제히 박수를 쳤고, 신문사 기자들이 카메라 플래시를 터트리며 사진을 찍었죠. 얼떨떨하면서도 기뻤을 겁니다. 그런데, 다음 장면이 갑자기 전환됩니다. 영예의 대상에 동시 부문 'ooo'이름이 불렸습니다. 객석의 사람들이 대상 받은 아이가 나오기를 기다리며 두리번거리는데 기척이 없었습니다. 사회자가 마이크에 대고 한 번 더 호명을 했고, 관중석은 "안 온 것 아니야?"하면서 웅성대기 시작했습니다.

  그때, 관중석 맨 뒤 사람들 사이에서 까만 원피스를 입은 작은 꼬마 아이가 놀란 토끼처럼 밀려 나왔습니다. 가장자리에 앉은 관중들에게는 보이지도 않을 만큼 작은 꼬마는 천천히, 아주 천천히 걸어 나오고 있었습니다. 빨간 카펫이 깔린 길을 걸어 나오는데 어찌나 오래 걸리는지 관중들은 일제히 꼬마를 바라보며 웃음을 터트렸답니다. 겨우 무대에 오른 꼬마가 수상을 하고 대상 작품인 '빨간 운동화'를 낭송했습니다. (마이크를 꼬마의 키에 맞게 조절하는 데도 한참이 걸렸죠.)

빨간 운동화

내 자동차

엄마도 아빠도

아무도

태워줄 수 없어요

　지금으로부터 40년 전의 일인데 아직도 그 동시를 생생하게 기억합니다. 꼬마가 낭송을 마치자 관중들 사이에서...... 잠시...... 침묵이 흘렀고, 곧 다시 한번 박수갈채와 함께 웃음이 터졌고, 기자들의 카메라 플래시가 버번 쩍! 터지기 시작했습니다. 내가 서 있는 자리는 순식간에 검은 어둠에 휩싸였고, 영화 용어로 '페이드 아웃'되어 버린 것 같았습니다. 이게 바로 제 인생 글쓰기에서 일어난 참 이상한 사건입니다. 전국에서 2등이나 했는데, 그날의 기분은 정말 정말 나빴거든요.

사춘기 무렵, 책을 별로 안 읽는 가운데서도 글은 늘 썼답니다. 그림일기, 그림 없는 일기, 교환 일기, 친구와의 교환 편지를 거쳐, 결정적으로 세상에 시집이란 게 있다는 걸 알게 되었지요. 꿈결같이 연한 파스텔톤 그림책에 빼곡하게 또는 느슨하게 뿌려진 까만 씨앗 같은 시어들, 작고 얇고 예쁜 시집을 끼고 다니면서 베껴 쓰면 내가 꼭 시인이 된 것 같았습니다. 가장 순수한 형태의 문학의 꿈을 꾼 시기가 아닌가 합니다.

유치환의 행복, 김춘수의 꽃, 김남조의 편지, 유안진의 지란지교를 꿈꾸며, 앨런 포의 애너벨리, 푸쉬킨의 삶이 그대를 속일지라도, 릴케의 모든 시들을 베껴 썼습니다. 그러고 보니 한 번에 편지지 일고여덟 장씩 뭔가를 휘갈기듯이 써서 3년 동안 교환한 최초의 남자 친구도 있었네요. 그 친구는 나의 실체를 모른 채 문학소녀라며 예찬하곤 했죠. 행복한 시절이었습니다. 그 남자 친구는 진짜 멋진 애

였거든요. 그때 저는 문학의 눈부신 혜택을 누렸고, 문학으로 사람을 꼬실 수 있다는 것을 배웠답니다.

어린 시절, 집에, 가족에게 여러 형태의 사고가 많이 일어났어요. 생각해 보면 끔찍한 그 사건 사고의 행렬 속에서 어떻게 시집을 끼고 다니며 시를 베끼고 문학의 꿈을 꿀 수 있었는지 신기하기만 합니다. 그런 면에서는 지금도 다를 바가 없는 것 같아요. 그때와 같은 어려움은 아닐지라도 삶이란 늘 파도와 같은 크고 작은 어려움이 끊임없이 밀려오니까요. 지금의 삶 속에서도 글쓰기 플랫폼을 비롯해서 독서 모임 등 또 다른 형태의 시집과 편지가 있어 꿋꿋하게 잘 견뎌내고 있다고 생각합니다.

많이도 베껴먹은 푸쉬킨이 말했지요.

삶이 그대를 속일지라도
슬퍼하거나 노여워하지 말아라

슬픈 날은 참고 견디라
기쁜 날이 오고야 말리니

마음은 미래를 바라느니
현재는 한없이 우울한 것
모든 것 하염없이 사라지나
지나가 버린 것 그리움이 되리니

　참 이상한 일, 이해 안 가는 일, 답답한 일, 마음대로 안 되는 일, 막막한 일들의 먹구름 속에서, 일기든, 편지든, 베끼기든, 뭐가 됐든, 펜을 들고, 노트에 뭔가를 썼다는 사실이 지금 돌이켜 생각해 보면 참으로 다행스럽고 감사한 일이 아닐 수 없습니다. 자아가 단단하게 서지 못한 어린 사람이 불행을 피해 도망갈 수 있는 환상 중 가장 안전하고 좋은 곳을 선택하지 않았나 생각합니다.

　저에게 글쓰기는 원하지 않는 삶의 남루함이나

부조리 속에서도 나를 세우고 자존감을 지키는 고결한 행위이고, 물감 살 돈이나 레슨 받을 선생님이 없어도 마음만 먹으면 언제든지 지속할 수 있는 일이며, 아무리 오래 먹어왔어도 결코 질리지 않는 밥 같은 존재이고, 삶의 마지막까지 함께하고 싶은, 속 깊은 친구랍니다.

나의 글쓰기 역사를 돌아보다가 글쓰기는 내 영혼의 친구라는 생각에 이르면서 오래된 노래 한 곡이 떠올랐습니다. 노랫말에서 '너'를 글쓰기로 생각하고, 김민우 가수의 열창을 듣노라니 전 생애가 파노라마처럼 지나갑니다.

너는 언제나 나에게 휴식이 되어준 친구였고
또 괴로웠을 때는 나에게 해답을 보여줬어
나 한 번도 말은 안 했지만 너 혹시 알고 있니
너를 자랑스러워한다는 걸

고단한 삶일 수도 있지만, 내가 누구인지를 일깨워주고, 용기를 주며, 오랜 친구로 남아준 휴식 같은 내 친구, 글쓰기에게 감사하며 여러분께 소개해드립니다.

예 정

정 오

오 랜

부산에서 활동하고 있는
프리랜서 작가이자 애니메이터
'길모퉁이 글쓰기 카페'에서
읽고 쓰고 그리면서
함께 꿈꾸고 연대하는
창작의 지형을
만들고 있다.

대학에서 목가구 디자인을 전공하고 목공예 공방을 열었다. 운영이 여의치 않아서 당시 벤처 버블에 올라타 웹디자이너로 취업하여 교육 콘텐츠 기획과 제작 업무를 했다. 결혼 후, 육아와 일을 병행하기 위해 아동미술학원을 운영했다.

신문에서 본 손톱 만한 그림에 이끌려 미술 전시회를 보러 갔고, 그 그림은 영국 발도르프 학교 자폐 학생의 그림이었다. 인간에 대한 이해의 스펙트럼이 방대한 발도르프 교육의 매력에 심취하여 발도르프 교사 교육을 받고 발도르프 학교를 세우는 일에 동참하여 초기 학부모가 되었고, 그 학교 부속 유치원 교사로 일했다.

유아교육 논문 〈젖은 그림으로 아이들과 다시 만나기〉를 썼고, 영국 에머슨칼리지 교사교육과 장의 감수로 신라대학교 발도르프교육연수원에서 발도르프 유아교육 디플롬을 받았다.

유리드미(음악과 소리를 몸으로 표현하는 동작 예술)트레이닝을 받았고, 유리드미 논문 〈color와 movement〉를 썼고, 비발디 사계(그룹), 쇼팽 녹턴(솔로), 브레멘 음악대(동화 유리드미) 등의 작품으로 졸업공연을 했고, 한국에서 졸업한 최초의 유리드미스트 네 명 중의 한 명이 되었다.

일꾼으로의 자질을 갖추었다고 생각될 무렵, 태양의 시기 7년 간 몸 담은 교육 공동체가 와해되었고, 이 일은 인생의 터닝 포인트가 되어 모든 것을 초기화시켰다. 성공회 교회 신부님과 인연이 되어 집단상담을 시작으로 분식집 새벽 마감 청소, 호텔 룸메이드 등의 일을 하면서 4년 간 정신분석을 받았다.

심리상담을 통해 잠시도 쉬지 않고 최선을 다해서 살아오면서도 이해할 수 없이 좌충우돌하며 무너진 이유를 찾게 되었고, 오랫동안 습관처럼 써

온 글쓰기를 보다 의식적으로 해 나가면서 어둠을 밝히는 등불로 삼게 되었다. 나를 일으키고, 삶을 세우는 글쓰기의 유용함을 알게 되면서, 혼자 쓰던 글을 과거 유치원에서 일하던 동료 선생님들과 같이 읽고 쓰는 길모퉁이 글쓰기 카페를 열었다.

3년 정도 운영하던 공부 모임은 코로나로 중단되었고, 암울한 공기 속에서 칼 융의 〈기억 꿈 사상〉을 읽다가 어린 시절의 놀이로부터 구원을 받은 칼 융의 이야기를 읽으며 새로운 길을 발견했다. 칼 융이 돌을 찾았듯이 종이를 찾았고, 어린 시절에 가장 많이 했던 종이놀이에 푹 빠져서 그 시절을 보냈다.

'그분은 커지셔야하고 나는 작아져야 한다 (요한 3. 30)'는 뜻을 담아, 수익화를 목표로 유튜브 채널 미니수퍼스톱모션을 운영했지만, 대중성을 얻는데 실패했고, 1년간 만든 117개의 영상은 오롯이 포트폴리오가 되어 한때 어린이들이 들어가고 싶어 하는 회사 1위로 선정되기도 했던 샌드박스 네트워크에 취업했고, 190만 구독자(2023년)를 보유한 스톱모션 채널 셀프어쿠스틱 애니메이터로 일했다.

'인간은 거룩함을 잃어버리면 먼지와 같다'는 말을 되새기며, 크고 높은 존재와의 연결과 잠재적 소수자성을 의식하고, 하루하루를 온전히 경험하면서 거룩함을 발견하는 일에 힘쓰고 있다.

'천사의 말을 하는 사람도 사랑이 없으면 아무것도 아닙니다(고린도 13. 1-2)'라는 말씀을 의식하며, 미숙한 사랑을 깨닫고, 성숙한 사랑을 배워나가고, 제대로 사랑하고 사랑받으며, 그 힘으로 즐거움과 위로가 되는 글과 그림을 쓰고 그리며 늙어가고 싶다.

기타 이력 및 포트폴리오

- 〈무지개 프로젝트〉| 강가 (2024-2025 예정)
- 〈미니수퍼 네트워크〉스톱모션 애니메이터
- 〈셀프어쿠스틱〉애니메이터 | 샌드박스 네트워크 소속 (2021-2023)
- 〈바오밥 성장그림〉작가 (2020-2024)
- 〈우리는 작은 기쁨이다〉| BOOKK (2019)
- 〈69 프로젝트 : 코스미안 심포니〉공저 | 자연과 인문 (2019)
- 〈이상한 선생님〉| 겨루 (2019)
- 성호신인문학상 산문부문 (2019)
- 르몽드 코리아 제1회 쁘띠영화제 대상 (2021)
- 국립부산과학관 기후변화, 지구 그리고 나 영상 공모전 대상 (2020)
- KDB 산업은행 동영상 공모전 우수상 (2020)
- 국민참여 청렴콘텐츠 입선 (2021)
- 월간문학 한국인 산문 동상 (2021)
- 외친소찐여행공모전 입선 (2020)
- 해운대 인문학 콘서트 입선 (2013)
- 발도르프 유아교육 디플롬 (2010)
- 유리드미 졸업공연 과천시민회관 (2011)
- 일신기독병원 육아일기 공모전 대상 (2003)
- 부산공예대전 장려상 (1996)
- 부산산업디자인공모전 동상 및 입선 3회 (1994-7)
- 부산미술대전 입선 (1994)

재생의 욕조

초판 1쇄 발행 2024년 10월 1일

지은이 | 예정옥
발행인 | 이지성
펴낸곳 | 강가
주 소 | 경기도 부천시 오정구 고강로 98번길 16 302호
출판신고 | 2024년 1월 9일 제 389-2024-000004호
전 화 | 010 4320 9084
팩 스 | 0504 290 9084
홈페이지 | www.gangga.co.kr
강의 신청 | yejeongok@gmail.com
ISBN | 979-11-94138-06-8 (03810)
가 격 | 18,000원

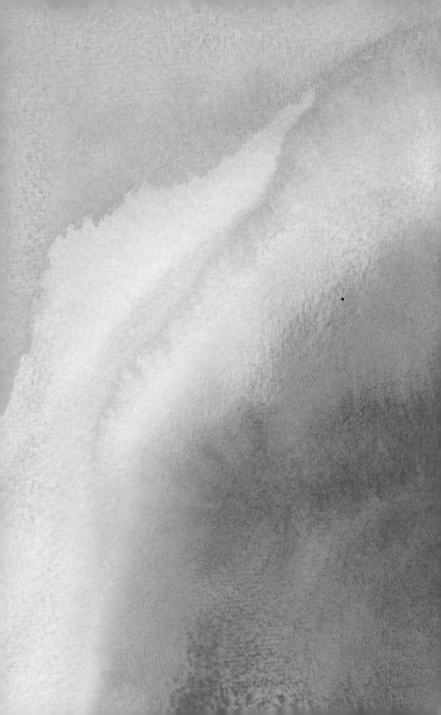

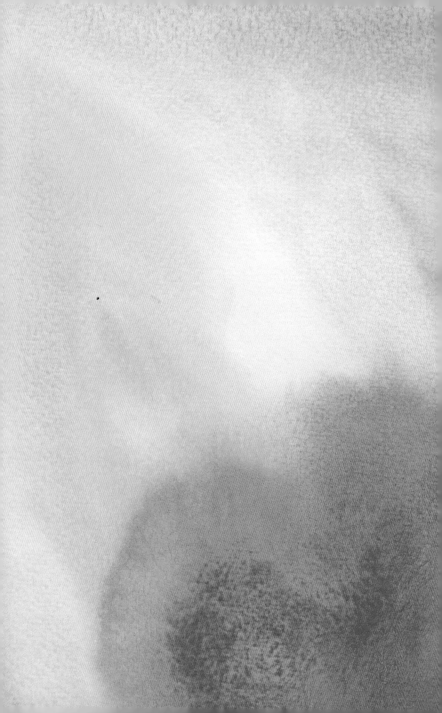

도움을 준 사람들

^^

호연맘 k

여 운 주소희

Yu 김보성 류귀복

지선 진 최재영 장혜경

비취빛연 김수정 김별성례

박윤정 남기은종이배스토리움

박은혜 이미경 이형옥 김효숙 오서하

조은현 달하318 김준석 주경숙 긍정의 힘

김제이 장정아지용보담 박상희 김문정 류기정

하정희 꽃보다 예쁜 여자 wind2211 더 Sam

김남연 월드루비 주식회사 판문 Twillight 김미진

산들바람 이현석필명이은호 정현주 박미진 Yoon

이현진 김혜경 단풍국 볼리야 이원길 요한보스코

김태수 벨라뎃다 예근희 다니엘 예양경 안젤라

임기수 베드로 임서현 로사 임승현 소피아

예성원 바오로 김대웅 김주희 한나

양털 naksha**** 송진희

Crystal